中国短经典

李锐 著

厚土

人民文学出版社

图书在版编目(CIP)数据

厚土/李锐著.—北京：人民文学出版社，2018
（中国短经典）
ISBN 978-7-02-014239-2

Ⅰ.①厚… Ⅱ.①李… Ⅲ.①短篇小说-小说集-中国-当代 Ⅳ.①I247.7

中国版本图书馆 CIP 数据核字(2018)第 087191 号

责任编辑　卜艳冰　杜玉花
装帧设计　高静芳

出版发行		人民文学出版社
社　　址		北京市朝内大街 166 号
邮政编码		100705
网　　址		http://www.RW-cn.com
印　　制		上海利丰雅高印刷有限公司
经　　销		全国新华书店等
字　　数		109 千字
开　　本		890 毫米×1240 毫米　1/32
印　　张		5.75
版　　次		2018 年 9 月北京第 1 版
印　　次		2018 年 9 月第 1 次印刷
书　　号		978-7-02-014239-2
定　　价		49.90 元

如有印装质量问题，请与本社图书销售中心调换。电话：010－65233595

目录

锄禾	001
古老峪	013
选贼	027
眼石	035
看山	045
合坟	055
假婚	067
秋语	079
送葬	089
同行	101
送家亲	113
驮炭	125
"喝水——!"	137
篝火	149
好汉	159
天上有块云	171

锄 禾

裤裆里真热！

裤裆不是裤裆，是地，窝在东山凹里，涧河在这儿一拐就拐出个裤裆来。现在，全村老少都憋在这儿锄玉茭。没风，没云，只有红楞楞的火盆当头悬着。还有汗，顺着脊梁沟一直流到屁股上。人受罪，可地是好地。老以前，裤裆是邸家的聚宝盆，邸家的祖坟就在山根下安着，有碑，有字；土改的时候，按户头分了十三股；后来又合在一起归了社——裤裆还是裤裆，地还是好地。

锄玉茭讲究锄到堆儿圆，土堆足了，玉茭的根才能坐住，根深苗壮才有好收成。老以前，锄玉茭邸家给吃压饸饹，山药蛋熬粉条子，管够。现在没有饸饹，也没有粉条子，只有队长豹子样的吼骂。工夫长了，骨头里总还有些没有榨干的汗水要找个去处，男人们退上几步，侧侧身，解开腰带，一股焦黄的水泛着白沫,在两腿之间刷刷地射进土里。听见响声,婆姨们不用回避,只要不抬头。锄板在坚实的土块上碰出些闷重的响声,汗珠落下来,在黄土上洇出个小小的圆印儿,接着,又被锄板翻起来的新土盖住。烈日下的男男女女们错落成一道长长的散兵线,每人一垅,一垅两行,各自管着各自的营生绝不会有错。没人说话,裤裆里只有十几片锄板和土地的碰撞声。好闷热。

冷丁,黑胡子老汉直起腰来,抹抹嘴角上结成痂的白沫。看见的人知道,老汉是要唱。果然,老树皮一样的脖子上,青筋鼓了起来:

上朝来王选我贤良方正,
又封我大理院位列九卿,
当殿上领旨意王命甚重,
理民事还要我垂询下情。

唱到半腰忽就打住,攥住拳心啐了一口,嘴里涩涩的,只有几个唾星挣扎到了手上。有人在背后鼓舞着:

"好戏文!再唱么!"

老人并不理会,管自弯下腰去,把众人和裤裆重又抛进闷热与沉寂中。

"我说,咱毛主席现在是住的金銮殿吧?"

学生娃抬起头,眉梢上挂着的汗珠滑进了眼眶,左眼被炙得火辣辣的。是黑胡子老汉在问。

"不住。金銮殿现在是博物馆,谁都能进。"

"不住金銮殿,打了天下为了甚?"

"为推翻三座大山。"

"三座山?……"

老汉疑惑地环视着眼前连绵的群山,又看看那正揉眼睛的北京城里来的后生,不问了。吩咐道:

"不用揉,挤住眼窝停一阵儿就不疼了。"

散兵线上,有人放下锄板向山根的隐蔽处走去,一前一后,是两个女人,前边红布衫,后边蓝布衫;眼看走到地边了,队长吼骂起来:

"活计苦重了就都耍开奸滑了!咋,没有饸饹吃就他娘不锄地啦?把你脸皮子薄的,把你那屁股值钱的,等着吧,队里给你在裤裆里盖茅房!"

红布衫摇摇摆摆隐没在山根下了。蓝布衫却捂着脸退了回来。沉闷的玉茭地里漾起一阵开心的笑声来——狗日的,真会骂。

"我说,你们在北京天天都能见着他吧?"

学生娃又抬起头来,眉梢上的汗珠又滑进了眼眶,这一次是右眼。他记着刚才的吩咐,没有揉,闭起眼睛,白炽的阳光消失了,眼前一片混沌的暗红色。

"谁？"

"毛主席呗。"

火辣辣的疼痛还没有过去，学生娃依旧闭着眼：

"根本见不着。"

"鬼说吧，他就不能上供销社买盒烟抽啦？这娃……"

待到睁开眼，黑胡子老汉已经掉转过身子，扔过一个怒冲冲的背影。学生娃有些为难，他确实搞不清楚毛主席抽烟的来路。

山根底下，红布衫悠悠地晃了出来，看看走得近了，队长骂道：

"你个日的还知道出来？我还说扎个轿子抬你去哩，你那屁股底下绑上尿盔子多省事，老邸家少奶奶也不能比你会享福！"

一面骂着，锄杆一摆，把红布衫垅里的玉茭带上了一行。锃亮的锄板在黄土里鱼儿戏水般地翻飞着，草根在锋利的锄刃下咯咯地斩断开来，没说的，果然是锄到堆儿圆——队长如今是全村的人尖儿。

听到吼骂红布衫不恼，拢拢头发笑起来，笑又不出声，只把嘴角抿着，待走到人多处，昂脸回敬道：

"早晚叫你驴下的烂了嘴！"

众人又笑起来。队长为人凶悍，外号叫豹子。如今在全村能这么解气地骂队长的人只有她。不过队长骂惯了，听的人也听惯了,若隔了三五日听不见反倒闷气。听到回敬,队长不动气,锄板反倒挥舞得更快了。盯着红布衫入了垅,他便竖起锄杆来,等着红布衫挪到近处,队长朝她侧过身子解开了腰带,又定双腿响响地干咳一声。红布衫不知有诈,猛抬头,冷不丁地看见黑乎乎的一团在眼前一闪,忙不迭地低下头去,口中千祖宗万祖宗地咒起来。队长不发话,只管涎着脸嘿嘿地笑。

一只红嘴鸦飞进炎热中来,漆黑的翅膀一闪一闪,失魂落魄地"呀"出一声。

"我说,听过《封神演义》的书没?"

鉴于刚才的经验,学生娃不敢回答是,也不敢回答不是,口中只"唔唔"了几下。

"那里头有个妲己,女人当朝坏天下。咋毛主席也叫他婆姨当了朝呢?忙得顾不上?"

学生娃有些慌乱:"您不能这么说,这可是政治问题。"

"毬!千年的朝政一个理,他咋就叫婆姨当了朝?没听过《封神演义》?"

学生娃把嘴和眼都朝着黄土低下去。

那只刚刚飞过的红嘴鸦忽然丧失了信心,复又折返来,几经盘旋,愤然朝那当头的火盆撞去,接着,又绝望地"呀"出一声。

骂着,笑着,锄着,锄一行的女人赶上了锄三行的男人——就等的是这一会儿。男人头也不回,面朝黄土朝身后甩过一句话：

"假门三道的,你看的回数还少。"

即刻,又招来一阵活驴野狗的咒骂,骂得男人心里熨熨帖帖的。骂够了,也笑够了,队长停下锄头正色道:

"哎,刚才下地来,我在河滩里看了你家的洋白菜苗,蔫蔫的,怕是不行了。"

"真个?"

"不信拉倒。"

红布衫摔下锄把咒道:"那死鬼,一天就知道在窑上挣那两个卖命钱,家里的事啥也是帮不上手!"

"淡话。那票子叫他白挣?"

红布衫不待多言,车身便走。队长在后边招呼:

"哎哎哎,慌的要咋?"

"哎你娘的脚!到秋后吃不上菜,队里给一斤给一两?"

看着红布衫隐没在地塄下边,队长又一阵笑,随即转回身把手一抢:

"抽一袋!"

接着又吩咐道:"年轻些儿的,都给我上东山根给马号薅青草去,不计多少,去就给一分工。老汉们就政治学习吧,半分工。学生娃,你还是给咱们'天天读'。"

说着从衣兜里抽出个皱皱巴巴的报纸卷来,在掌心里拍了拍:"旧的,将就着用吧。前日邮差送来的新的叫屋里的给剪了鞋样子啦,女人家毬也不懂!正合适,这张旧的上边有毛主席专给你们学生娃开的那条语录,呐,好好念,一分工!我给咱到河滩地看看山药该锄了么。"

学生娃从队长手里接过那个旧纸筒筒,弄不大明白为什么新报纸总是被剪了鞋样子或是糊了墙;也弄不大明白,既是专门"开"给学生娃的语录,为什么总要由他这学生娃念给众人听。可是有那一分工管着,他还是要念:

"知识青年到农村去……"

"算毬了吧,你也歇歇嘴。"

看见队长走下地塄了,黑胡子老汉终止了地头上的"天天读",把那只粗大的黄铜烟嘴杵进干瘪的嘴唇里,又呜呜噜噜地骂着:

"狗日的,拿圣旨管人哩!"

地头上只有这一棵红果树,树老了,叶子稀稀的,身下的阴凉也是稀稀的。一只黄铜嘴烟袋在三个老汉嘴里转了三圈。小肚子胀鼓鼓的,那些没榨干的汗水聚起来在找出路,学生娃眯着眼睛站起来,走到下风处拍拍屁股,荡起一阵黄尘,朝地塄下边走过去。

"我说,你别去。"

学生娃没听见,眨眼在地塄边儿失了踪影。有只蝉在红果树上聒噪,头顶的火盆更旺实了。树底下蜷缩的老汉们活像是卧地的羊群。

学生娃在地塄下边回过头,不行,东山根上薅草的人历历在目,男女可辨,索性掉转头朝河滩的茅柳丛走过去。走到近前才要方便,猛听见有人声,且那声音有些个异样:

"你个牲口,家里不够还跑到野天荒地来……招呼叫人看见。"

"看见也是白搭,他谁敢掐我的花儿?"

"活祖宗……"

"活着哩……"

又是一阵叫人心跳的响动,密丛丛的茅柳晃动起来……没风,没云,只有红楞楞的火盆当头悬着;还有汗,顺着脊梁沟一直流到屁股上。学生娃直发傻,耳边如雷一般轰鸣着蝉声。

柳丛的那一侧大约是有了缓解:

"你个日的不要光图了个人痛快!"

"放毯心吧,既当家就管事。今冬天队里的救济粮、救济款要闹不回来,我再不登你的门!"

太阳穴在一下一下地跳,小肚子也在一下一下地跳,越聚越多的水们依旧在拼命找出路。学生娃匆匆逃了回来。红果树稀疏的阴影下,"羊群"们依旧倦倦地卧着。学生娃慌乱得难以措辞:

"大爷!大爷!我……"

黑胡子老汉猛一侧身,又甩过一个怒冲冲的背影,老树皮一样的脖子上骤然又暴起了青筋:

我公爹今晨寿诞期，

文武百官俱临莅。

数不清香车宝马到府第，

听不尽笙箫笛管闹晨曦……

"好戏文！"

身旁又有人鼓舞。

红楞楞的火盆下晃着一个人和一个疑惑的黑影，肚子里的水们愤怒地冲向出路，学生娃慌不择路地朝东山根跑过去。薅草的人们正纷纷返回来。不知怎的，就跑到了老邸家的祖坟跟前，半人高的石碑掩在茅草里，阴森森的。

猛地，背后传来队长豹子一样的吼骂声：

"狗日的们，一分工的便宜就占不完啦？动弹喽，快动弹！"

学生娃慌张地解开扣子，仄身在石碑前，一边又扭头朝背后慌慌地打量着，热辣辣的水喷涌而出，被焦黄的液体打湿了的墓碑上显出一行字迹来：

大清乾隆陆拾岁次己卯柒月吉日立

阳光下深深的刻痕，仿佛是刚刚凿出来的。

没风，没云，红楞楞的火盆一眨眼就把字迹烤没了。

古老峪

他睡不着。一连三天了都睡不着。

从酸菜缸里溢出来的那股刺鼻的酸臭味儿，一缕一缕地朝鼻孔里钻。头顶前，离炕沿三尺远，横担着一根被鸡屎染花了的树棍，树棍上鸡们照着祖先的模样在睡觉，蜷缩着身子，羽毛蓬松起来，尖尖的嘴插在羽翼中，也许是有悠远古老的梦闯了进来，它们时不时呻吟似的叽叽咕咕地发着梦呓。灶炕边那只小猪睡得太深沉，常常就舒服得哼出声来。窗户纸上有个小洞，冷气一阵阵地拂过鼻尖和额头。身边的汉子浑重地打着呼噜，炕皮儿有点微微地颤。凭着直感，他知道，隔着汉子，在炕的那一端，她也没有睡，不知是怕，还是在等。他还知道，再过一会儿，汉子就会爬起来，拎过炕头上那个其大无比的砂盔，响响地尿上一阵。然后就摸索着套上衣服，披上羊皮袄，提着马灯去给牲口们添草。随着窑门咣当一声响，漆黑的土窑洞里，烤人的土炕上，就只留下他和她。而且，他知道本地的习俗，按照这习俗，土炕的那一端，污黑的被子里裹着的是一个一丝不挂的身子。一想到这儿，他就羞愧难容，可是，一连三天了，他总是想到这儿……

三天前，工作队长分派任务的时候拍拍他的肩膀：

"小李，古老峪除了土改的时候去过工作队，这二十多年没人去，你去。给他们念念文件就回来，三天。对啦，临走前选个先进个人报上来。"

他打好背包，收拾了洗漱用具，而后翻遍大队部的土窑，只找到一本掉了书皮的《新华字典》，空荡荡的心里不由得一阵怅然，呆呆地立了一刻，也只好把《新华字典》装进怅然中一起带上路。

黑暗中，炕的那一端传来一阵轻微的响声，她在翻身，这响声是那赤裸的身子和粗劣的布们摩擦出来的。他也翻了一下身，把脸和身子正对着窗户，把后背朝着黑暗中的那一端。冷风迎面吹拂到脸上。他抗拒着羞愧，抗拒着引起羞愧的强烈的想象。他是工作队员，他到这里来的任务是宣读文件，鼓励农民"改天换地"、"大干快上"的，可现在在胸膛里倒海翻江一般奔涌着的，都是些与此极不相称的东西。远处，响起拖拖沓沓的脚步声，这下好了，借助于外力，他终于从迷乱中挣扎出来，仿佛解脱了似的一阵轻松。接着，门又一响，涌进一股逼人的寒气。接着，汉子又摸索到炕上来，熄了马灯，只一会儿，炕皮儿就又微微地在打颤。再过一会儿，三尺开外横担的树棍上，那只白羽红冠的雄鸡便勾举着脖颈洪亮地唱起来。唱一遍；然后，再唱一遍；再然后，还唱一遍。窗纸上就蒙上一层灰白的光影。熬到这个时辰，他才昏昏沉沉地睡去。等到睁开眼时天已大亮。炕上空荡荡的，主人们的被子已叠好靠在炕脚。

一连三天，天天如此。

热水就在灶火上温着，是她烧的。灶口上一枝尚未烧尽的柴杌自支撑着，还在冒出些断断续续的火苗来。掀开锅盖，等白腾腾的水汽飘过后，结了一点水碱的锅底上露出四个又大又白的鸡蛋来。这是她特意煮的。他有点惊讶，前两天是两个可今天却翻了一倍。舀出水洗了脸，漱了口，再把鸡蛋取出来仔细地剥去皮，玉石般晶莹的蛋白颤巍巍的，咬一口，很香。每天这特殊的待遇叫他很惶恐。可是又必须吃，不吃就会招致许多的埋怨和推让，那埋怨和推让就更叫他惶恐。他有点舍不得一下子就把它们吃完，一小口、一小口地咬，似乎是在品味着一个什么故事。今天就该走了，可他却隐隐地觉出来她不大愿意，她好像有些个不舍，要不，为什么又多煮了两个鸡蛋呢？三天来他还隐隐觉得这土窑里的父女俩之间一直有种紧绷绷的气氛，似乎有件什么事情因为他的到来而暂时中止了。这事情显然是主人不愿叫外人知晓的。

洗了脸，吃了鸡蛋，他靠在自己的被垛上，随手又打开了那本没有书皮的《新华字典》,一行一行地看下去:涟,水面被风吹起的波纹。莲,多年生草本植物,生浅水中,叶子大而圆叫荷叶,花有粉红、白色两种……鲢,鲢鱼,头小鳞细,腹部色白,体侧扁,肉可以吃。奁,女子梳妆用的镜匣。妆奁,嫁妆,陪嫁,陪送,旧时女子出嫁从母家带去的衣服用具等……

窗外不远处,传来连枷打在豆秧上的闷响。来到古老峪的第一个早上,他到场院上去过,因为记着"同吃、同住、同劳动"的纪律,手中的连枷挥打得分外卖力。可只干了一会儿,身子刚刚发热,当队长的汉子就派下来另外的活。

"老李,你跟上咱女子把这边打完的豆秧抱一捆送到马号去,再带上些回去生火吧,招呼炕凉。"

周围的人们都很谦恭地围望着。放下连枷他才发现,身后站着一个空了手的男人,正把两只粗大的手举到嘴前呲呲地哈着,厚厚的嘴唇里喷出长长的一条白气。他猛然就觉得很不好意思起来,对自己刚才那一阵热情而奔放的劳动尤其愧悔。因为他停了手,周围的人们也都停了手,很木讷又很谦恭地在等什么。内中一位老人呵呵地笑道:

"老李真是能行呢,劲大,呵呵,劲大!"

众人也都附和着,都说"劲大",可又都分明还是在等。他一下子明白过来:大家在等着他离开。脸一下子涨红了,本来还想再干一会儿的决心顿时飘得空荡荡的。得了父命的女儿

搂起一大抱豆秧来,在一旁轻声地催促:

"老李,咱走!"

他赶忙抱起豆秧遮住脸。刚刚走出不远,他就听见背后的场院上一阵阵的笑骂和连枷爽利的敲打声。有只豆荚扎到了脸上,很疼。

回到土窑里,当炕头上的灶火呼呼地蹿起来的时候,她微笑着问他:

"能住惯不?"

"能。"

她抿嘴忍住笑:"能住惯,昨夜里那是咋啦?"

他脸又红了,答不上来。

猛地,她将一只手掌反转来堵到嘴上,两腮间升起一片桃红。

来到古老峪的第一天夜里,他跟着队长回到家里,队长指着土炕说:

"就在我这儿歇吧。"

他不由一愣,因为灶台前呼闪着的火光里分明站着十八九岁的她。看他发愣,队长又解释:

"全村就这六户人,到处都是老婆孩子一大堆,就我这儿还能挤下。"

他不好再说什么,只好"挤"下来了。"同吃、同住"是对工作队员最基本的要求。但到了晚上该脱衣睡觉时,他还是有些不自然，油灯在炕头上的灯座里幽幽地晃着，晃得心里总有些忐忑。可是队长却率先坐在被窝里，先脱了棉衣，露出污垢遍布的坚实的身子，接着，褪下棉裤又露出半截厚墩墩的屁股，而后从被窝里抽出棉裤来，一面又吩咐：

"老李，咱们先睡。"

他只好硬起头皮也脱，但却小心地留下了秋衣秋裤。等着他钻进被窝，队长伸出蒲扇般的大手朝灯座上那幽幽的火苗一扇，灭了，又吩咐：

"你也睡！"

语气中分明带了些愤懑。黑暗中，炕的那一端服从着，传过来一阵窸窸窣窣的脱衣声，他直觉得羞愧难当，就从那一刻睡不着了。可是熬到半夜里，尿却把他从被窝里逼了出来，听见响动，汉子问道：

"老李，炕凉？"

"不。上厕所。"

"给。"

随着一声钝响，那只大砂盉被递了过来。他慌忙推让着：

"不用，不用！我出去，我出去！"

"出去看受了风。不怕啥，黑灯瞎火的谁也看不见。"

他还是满心羞愧地跑了出去，那一刻，总是觉得黑暗处闪着一双眼睛。她问的就是这件事，笑的也是这件事，可率直的眼睛里黑亮亮的看不出半丝的杂念来。他喜欢这双眼睛。

三天来，每天晚上他给大家念文件的时候，就是这双黑亮亮的眼睛从头到尾，目不转睛地盯在他脸上。有一次，文件念到一半，有一个字的发音忘记了，他随手打开字典查阅了一下，又接着读下去。第二天，她惊异地指着那残破的书满怀敬意地问道：

"这书咋恁有用，啥字都有？"

"差不多。"

"这字咋写？"

她敲敲灶火上扣着的鏊子。他查出来指点给她看：

"这不，'鏊'，一种铁制的烙饼的器具，平面圆形。"

"呀——呀！"

她五体投地地赞叹着，粗糙的手拿过字典。离得很近，空身穿的对襟棉袄的扣袢之间，一条白白的肌肤忽隐忽现。他忽然建议道：

"你给当咱们古老峪的先进吧！"

"我不。"

"为什么？"

"我才不先进哩。"

"我看这三天就数你听得认真。"

"听啥？"

"念文件呀。"

她抿嘴笑了："我啥也听不懂，我是看你念得好看。"

他不由得升起一阵悲哀来。

她把字典还过去："你们公家人都好看，看这手细的，像是戏上的人。"

悲哀中又揉进些难言的惭愧，他急忙别过脸去。

"爱巧就嫁给你们公家人了，在煤窑上。"

"爱巧是谁？"

"住东头，在公社念过一年完小，去年结的婚。"

为了从窘状之中挣出来，他改了话题："两三天都没听见你和你爸爸说话，跟他生气啦？"

她低下头去，再不说了，灶口上的火光一闪一闪的。

场院上连枷还在响，单调、枯燥，他放下也是同样单调枯燥的字典，从书包里取出那份已经复写好的总结材料来。封面上写着："古老峪农村三大革命运动总结"。已经想好了，自己拿一份，这一份留给队长。

兀自支撑在灶口上的那枝柴终于烧断了，一阵塌折的微响之后，落进灶炕中的残柴又冒起一股火，把锅底剩下的一点水烧得呻吟起来。

场院上连枷的声音停了，过了一会儿传过渐近的脚步和人声。愈走近那人声似乎愈急切：

"人家哪不好？你凭啥不应承？"

"他坏，他撕拽我，还摸我！"

"撕拽就咋啦？摸就咋啦？还不是早晚的事？你往后还得

躺到炕上给人家生儿哩！"

"他是牲口！"

"你才是牲口！你不嫁能守我一辈子？你知道村里都说啥？都说我留着你是自己用哩，牲口，你不把我逼得见了你妈就不算完？"

争吵突然停顿了。她一定哭了，他想。

可是等到父女俩走进土窑的时候，两个人的脸上都是那么平静，平静得叫人感到木然。父亲放下手中掐着的一蓬豆秧，周身拍打着，脸上又堆出往日的笑容问：

"老李，等得肚饥了吧？"

他忐忑不安地应着，心里生出来许多的愧疚，本想问问父女俩吵些什么，可看见主人脸上那做出来的笑容，就又把话吞了下去——那笑脸分明是一张厚厚的盾牌。他忽然就感到自己在这土窑里的多余和无用。

冬天是两顿饭，本来吃完前晌饭他就该走了，可不知为什么就耽搁了下来，只觉得还想做些什么，可又什么也没有做，一直等到日压西山的时分，他才背上行李走出了窑洞。走的时候她不在，不知去了哪儿。队长说了几句炕不热、饭食不好的客套，而后又把那份总结还给他：

"老李，这营生还是你留着吧，搞运动啥的都是公家的事情，咱留下这没啥用。"

他笑笑，接了过来。

沿着那条斜长的土路他登上沟顶,一道坦平的土垣豁然在眼前舒展开来。暮色中,冬日荒寂的土垣上没有一丝声响,满目皆是一种闷钝的空旷。西坠的太阳被云层裹住,正在烧出一派金红来。忽然,他看见她了,路口上放了一副水桶,扁担横放在两只水桶上,她正坐在担子上静静地等。他急走到近前去。

"你走呀?"

"嗯。"

"不来了吧?"

"嗯。"

"你走晚了,得赶夜道。"

"不怕,有手电。"

"我回呀。"

说着,她把水桶担了起来。

"你还是当了先进吧!"

他几乎是抢着在说。

"我不。"

"当吧,这次当了先进能到县里开三天会!"

"真个?"

"嗯。"

"你也去?"

"嗯。"他说谎了,特别想说。

"我当！我还没去过县上哩。"

她挪挪扁担，满足地微笑起来：

"我回呀。"

随着步子，扁担钩在水桶的梁撑上发出吱吱的尖响。

辉煌的夕阳从烧毁了的云海中掉了出来，刹那间，干旱贫瘠的土垣被它幻化成一派壮丽的辉煌：黑幽幽的窑洞，残缺的围栅，破烂的窗棂上挂着的满是尘土的辣椒串，场院上的谷草垛，道路上星散的牲畜的粪便，院子里啄食的邋遢的鸡群，石槽前奔忙的肮脏的小猪，家门前怀抱婴儿的衣衫褴褛的妇人，垣头上凄凉地举着枯瘦的手臂的荒棘，顿时都被染上一层灿烂的金光，一切都面目全非，一切都熠熠生辉，一切都在这一刻派生出无限的生机来，显得有如童话般的富丽堂皇……

在这幻化的辉煌之中走着她，水正从桶里溢出来，于是在均匀的颤动中，流金溢彩般的，有火焰沿着桶壁燃烧起来。

仿佛被这火灼痛了眼睛，他急忙转过了脸。

选贼

"行了，选吧！"

队长敲惊堂木一般，把手中的青石片在碾砣上叭地敲了一下，而后又把一条腿高高地举起来，朝碾盘上很有气势地一踏。

天太热，热得人迷迷糊糊的。老檀树底下的村民们一个个愣怔着脸，全都糨在那不吭气。队长发火了：

"日他老先人！不是嫌我太霸道？给了你们民主又不动弹，咋？还得叫我替你们民主？县官大老爷也不能有这么大的派头。选！今天不把这偷麦的贼选出来，咱的场就不打了，今年的麦子就不收了，过大年全都啃窝窝！快些，快些，各人选各人的，不许商量！"

还是没人吭气，还是全都愣怔着脸，这件事情委实有些难办。

昨天夜里是队长值班看场，清早起来一查，装好袋的麦子丢了一袋。叫来会计、保管再查，还是丢了一袋。队长操起祖宗来，发誓要把盗贼捉拿归案。查来访去，线索只有一条——麦子丢了一袋。众人帮着分析：第一，不是婆姨偷的，一百多斤婆姨扛不动。第二，不是六个北京来的学生娃偷的，学生娃都住在刚盖的集体宿舍里，偷了没处放。第三，不是队长偷的，队长看场。看来就是贼偷的。可贼偷是为个人享用，不会自告奋勇来投案，可恶。可恶却又不露马脚，无奈。众人越宽心，队长就越是把祖宗操个不停。他觉得尊严受辱，这个偷麦的人专挑这一晚不是为偷麦，是为要他队长的好看。直气得队长眼冒金星，看着人人脸上都写了个贼字。一气之下他把村民们召集起来，发动群众选举破案：婆姨们没有选举权，揽着娃娃挤在犄角里看热闹；学生们也不选，准备好了纸和笔，只等着有谁想好了结果，走过来趴在耳朵上说一声就记下一票——只记被选举人。

可是，天太热，热得人迷迷糊糊的，挤在阴凉底下的男人们全都热得发傻。看看骂不动，队长把紧绷绷的脸松下来：

"不怕，民主选举么，想选谁选谁。你看着谁像是偷麦的就选谁。"而后一拍胸脯，"选我也行！选出来也不定准就是贼，咱们选的是线索。选吧，选吧，从你这儿开始！"

队长的指头戳点着离碾盘最近的那个人。指到脸上了不能不动，那糨成一团的人群开始出现了第一个缺口，接着第二个,接着第三个……有只花尾巴喜鹊落到檀树上,叽叽喳喳地叫起来,着着急急的,仿佛也想飞下来凑一票。

选民们一本正经,一个个凑到耳朵上去嘴唇动动,然后又神态庄重地退回原地。选举进行得十分顺利,十四张选票,无人弃权。学生们笑笑,把选票交给队长,队长的眉毛顿时拧了起来:

"好哇,狗日们,你们就这么恨我?这么多年我就算是白给你们干啦?全都选我,我真想吃麦用着上场里偷去?狗日的们,知人知面不知心哇。我,我全都操你们的祖宗!全都操!我不干了,这个烂队长谁想当谁当,到年下谁有本事谁上公社争救济款、救济粮去,看有毬门儿么?看能闹回一分钱来么?狗日的们,喝西北风去吧!"

一甩手,队长退出选举,走了。

选民们又愣怔怔地糨成一团了:

"把他家日的呢,谁想就能这么齐心,哎——"

不知是谁绷不住弦了,扑哧一声笑出来,老檀树底下顿时哗啦啦地笑成一片,眼泪淌下来了,肚皮直抽筋,男人女人全都东倒西歪,好像是有股旋风在麦田里搅。

笑够了,有人发起愁来:

"他要真不干,今后晌当下就没有人喊工派活,弄不好真要把麦子耽误了。"

"人无头不走,鸟无头不飞。村里没有头儿了,没个人管这还能行?"

学生们不知深浅:

"他实在不干咱们就再改选一个呗!"

"选谁?选你?到年下你能给队里弄回来救济粮、救济款么?"

老檀树底下的村民们从刚才的幽默中清醒过来:眼下的麦子,年底的救济,衣食性命岂是可以开玩笑的?刚才那一场确实闹得有些过头了。于是,笑容退净了的脸上,愣怔怔地添上许多惶恐。女人堆里传出叽叽喳喳的埋怨来:

"尽是胡闹哩,这回惹下了,看你们咋呀?"

"有本事闹,就有本事收场,你们自己当队长吧!"

"一袋麦子,丢就丢啦,吃就吃啦,值得为这得罪人?"

天太热,热得人迷迷糊糊的。男人们自知惹了祸,嘻嘻地露出些白牙,可那露出来的白牙却掩不住越聚越多的惶恐。谁也想不出今天怎么收场。队长不在,老檀树下面顿时留下一片填不满的空白。毒毒的太阳底下,人们从惶恐中又生出些怨恨来:

"这个东西,你偷就偷吧,非得等他看场才下手?"

"这杂种是成心坏大家的事情哩,逮住不能饶他!"

"让狗日的吃了麦子烂肠子,烂成一节一节的!"

"查出来捣烂个龟孙!"

"搜,挨家挨户搜,就不信找不见那条口袋!"

可是，不管多么激动，不管多么义愤，撇下了村民的队长并不见回来。队长不回来，人们只有惶惶地在老檀树的阴影里悬着。

有人建议：

"还是推举个人去家里叫吧。"

谁去？

义愤平息了的人群又糨成团了——娄子是大家捅的，该让谁一个人去顶杠子？去了能有好话？少说也得把十八辈的祖宗给人家预备下。

"大家的事情大家去吧！"

人群挪动起来。又有人补充道：

"婆姨们在前头，婆姨家好说话，拉拉扯扯的面子上就混过去了。"

"对，婆姨们走前头！"

人们黑油油的脸上又有些白牙露出来，糨成团的人群终于活动起来。随着一阵从屁股上荡起来的灰尘，全体村民，女人在前，男人殿后，从老檀树下哩哩啦啦走到灼人的阳光里去。一眨眼，留下了空荡荡的一片阴影，和几个不知所措的学生。

有一只大胆的公鸡，自信地跳到碾盘上来，一啄一啄地在碾盘的裂缝中叼起些陈年的米面，而后抖擞着华丽的羽冠，勾举脖颈，旁若无人地唱起来，那神态，那气度，颇有几分领袖的风采。

眼　石

盯着,盯着,那紧绷在后脑勺上的红花手巾呼地蹿了起来,像火苗子舔了心尖,绞得人倒吸冷气。脑壳里装了面大铜锣,有人敲,咣——,金星四迸,大朵的红花就漫成了满天的红雾……

"我日死你一万辈儿的祖宗!"

有水从那红雾中涌出来,流进嘴角里,咸。

绕在腕子上的闸绳猛一拽,一个趔趄,接着扑通一声,他像个装满了袋的毛褡跌在坚硬的山路上,反穿的羊皮袄裹着身子,肮脏的黑羊毛一阵乱颤,活像是拖着一条死牲口。大车里,坐在石灰堆上的女人失魂落魄地惊叫起来:

"娃他爸!娃他爸!"

大大小小的石头刀割斧锯一般从身子下边划过去:

"日你妈,拖死吧,拖死了干净!"

这念头只一闪,全身的肌肉就都拉紧了,腿一弓,身子也跟着拱起来。可是大车下滑得太快,挣扎不过,人又被拉成一条直线,满是尘埃的黑羊毛复又触目惊心地乱摇做一团。两只方口鞋一前一后地滚落在路旁。

惊乱之中,在前边摇鞭子的车把式扳住手闸,猛勒缰绳,一阵狂呼乱喊,好不容易才把大车停在了半坡。辕骡口吐白沫,两条后腿在腹下弓曲着,用整个身子抵抗着冲下来的重载。车把式怒不可遏地勒着缰绳,扭头向后边拉闸的副手喷过一阵臭骂:

"我日死你妈!你个日的敢是没拉过闸?这种路上失闪了是耍笑的?这车上坐的不是你老婆孩子?把你家日的呢,撞鬼啦!"

地上的那一团黑毛蠕动着站起来又退回去穿好鞋,一声不吭地回到岗位上挽紧闸绳。车把式呵斥着:

"拉住!"

一面松开手闸,放缓缰绳,鞭梢在辕骡眼前虚晃一下,悦声道:

"走吧,红骡子。"

大车又晃动起来,胶轮碾上一块路旁突进来的锐利的石角,咯嘣一声闷响,接着,轰然落地的车上荡下一股呛人的白烟。随着响声车把式心疼地和他的胶轱辘对应着:

"哟哟——,我的胶子吔!"

紧绷在后脑勺上的花手巾又晃了起来，眼睛里只有那些跳动着的红块和一条白晃晃的山道。

随着山路的蜿蜒盘绕，一道令人目眩的绝壁或左或右尾随而进。绝壁下的涧河翻滚着白浪，可传上来的声音却是远远的，似乎隔着什么。车把式心太狠，车装得太满，使了围板还又冒了尖儿，尖儿上苫块破毛毡，毛毡上玄玄乎乎晃着个穿花衫的媳妇，媳妇怀里抱着叼奶头的娃娃，车一晃，紧巴巴的衫子下边就会露出白嫩嫩的肚皮来。可昨天夜里，这肚皮叫别人揉搓过了……

"我日死你一万辈儿的祖宗！全成了假的，全成了假的……一万辈儿的祖宗！"

脑壳里的大铜锣又在敲，咣——！眼前的雾又升了起来。手里没杆枪，要是有枪，那个紧绷绷的花脑勺早就碎了！

"假的！一万辈儿的祖宗！"

车尖儿上晃着那惊恐万状的女人，看着丈夫满脸阴森森的杀机，她觉得末日到了，一阵阵的寒气从心底里升上来，手足无措之中，她只能愈来愈紧地搂住儿子——这个用末日换来的儿子。早知他今天这个样，昨晚宁可拼死也不干。男人家都是牲口！

他觉得身上在哆嗦，好像是冷，眼前的雾退下去，又显出来那个紧绷着花手巾的后脑勺。昨天晚上，在城东关大车店那间小屋里，狗日的就是兜的这块花手巾……

喝了酒,两个男人的脸都红成了紫猪肝,他抗不住酒力,有点晕。媳妇还在一旁劝着恩人:

"他哥,你再喝。这回多亏你给凑了这八十,要不娃娃还得在医院扣着。可得好好谢谢你哩!"

"拿啥谢?"

接酒的人嘿嘿笑着,随手取下头上的花手巾塞过去。女人酥软的胸脯上热辣辣地撞上一只拳头。

儿子得病住进县医院,媳妇陪着也住,一个半月过去,欠下医院的账,人家扣住人不放,他气得在医院门口跳着脚号,多亏这八十块的救命钱。车把式比往日更理直气壮地吩咐:

"去,把料拌好添上,到井上绞些水预备饮,再到街里给我买盒烟。"

他去了,头还晕,只能一样一样慢慢做,等他拿着烟卷返回来时,小屋的门插着。脑壳里的大铜锣就是从那时候敲起来的。他被这突如其来的事惊呆了。想砸门,可又怕丢人,猛然才想起来人家差他出门时那一脸的笑来。人家借给他钱的时候,也是这么笑的。整年跟着人家跑车,成天都得在人家手心里攥着,眼下还又欠了八十块的人情。腿一软,他蹭着墙蹲下来,隔着窗纸屋里的响动传出来,那些所有的细节都可以想得见,脑壳里那面大铜锣一下连一下地猛敲:咣——!咣——!

不知过了多长时间。

车把式开门走出来的时候,正朝头上挽这条带红花的手巾，见了他，一愣，一笑，丢下一句话：

"我另找地方睡，夜里你招呼牲口，钱，还不还由你吧。"

说完，人走了。

酒劲太大，头更晕了。他跌进屋去，把女人剥得精赤条条，一顿毒打，而后又饿狼一样扑上去。

他后悔借了他八十块，后悔也晚了。

太阳光下的这条路又陡又长，白得晃眼。他觉得越来越管不住自己，只是想杀人，想见血，没有枪，有石头！

"一万辈儿的祖宗，好汉做事好汉当！不宰了这个杂种连自己都是假的！"

路太短，一转眼六十里只剩下一半。他没有枪，没有石头，没有机会，好像，也还缺一些勇气。花手巾包着的那颗硕大的头，还有不用回身就能看见的那像刀砍出来一样的下巴骨，还有裹在羊皮坎肩里头的那副宽大厚实的身架，拴了红缨的鞭子威风凛凛地在肩头上飘拂，自信，威严，高傲，人家从来都是这挂大车的统帅；统帅着四匹骒马，一挂车，还统帅着他这个拉闸的。可是，半夜里蹲在墙根下听到的响动声又响了起来，那面大铜锣又敲了起来，红雾中又有水奔涌而出，很热，很咸。

"我日死你一万辈儿的祖宗！"

白晃晃的车道朝着半天里升上去，胶轮压上了六十里山路当中最险的陡坡——豹子岭像一个阴险的狎客躺在半空中冷笑着。骡马们低头弓背四蹄猛蹬，被马蹄铁踏碎的沙石四下飞迸，车把式一手握住手闸，一手连珠炮般地甩着响鞭，鞭梢呼啸着扫过，向那些摆动着的长耳朵愈来愈残忍地逼近。平日攒在肚子里的脏话，此时一古脑地倾泻了出来：

"驴日的们，这阵可不敢给老子退了坡！灰头这时候你还耍滑哩，日死你个杂种的！青骡上啦，上！上！后闸，当心着，你狗日的再不用撞鬼啦！"

本来就在车尖儿上玄玄乎乎晃着的女人，朝幽幽的绝壁下偷看了一眼，浑身的筋肉立刻就僵直起来，一只手死死地抓住了身边粗大的麻绳。涧底哗哗的水声招魂似的从遥远处传上来。

车和马，肉和心，都悬挂在那几根铮铮欲断的套绳上，沿着绝壁的边缘上升。

"娃他爸……"

女人呻吟般地呼唤了一声——没有回答，游丝般的呼唤飘忽着在唇边挣断了。

瓦蓝的天上，一只苍鹰在飞，它犀利的眼睛看见了如蝼蚁负重般在绝壁上挣扎着的那一群。猛然，从那挣扎中生出了一阵痉挛的悸动，接着，是一个绝望的停顿，接着，是一阵撕心裂肺的呼喊：

"退坡啦——！上闸呀！上闸呀！"

拉闸人下意识地弹起来跳向车侧，一咬牙把粗大的闸绳死命拉向怀中，立刻，闸杠和瓦轴剧烈地摩擦起来，往日敷上去的松香在震耳欲聋的响声中，吱吱地冒起了青烟。可贪心的车把式装出来的那座"石灰山"太重了，坡太陡了，它拽着四匹骡马，四条人命，斜刺里滑向绝壁。

绝望中，车把式又在呼喊：

"眼石！快打眼石，快！"

平日里练就的动作不用思索，拉闸人转瞬间把闸绳挽死在铁钩上，飞身扑向路边，抱起一块枕头大的青石来。就在这一瞬间，他看见车把式被撞倒了，不知怎么把衣服挂在了手闸柄上，失了根的身体在疾速的下滑中左跌右撞挣扎不起，眼看就要滚落在铁蹄之下，眼看就要随着他的"石灰山"一起丧身涧底。拉闸人的脸上猛露出一丝残忍的冷笑来：

"一万辈儿的祖宗，天报应！下去吧，都给我下去，我认了！我认了！"

"娃他爸，快打眼石呀！"

女人在呼救，可却不知道朝下跳。

"日死你妈，假的！"

闸杠和瓦轴仍在凄厉地轰响着，胶轮被兽齿般的碎石疯狂地撕咬着，整个车体都在发出断筋裂骨般的咯咯吱吱的呻吟。猛地，从那车尖儿上传出来孩子尖锐的哭声……拉闸人被电击了一般骤然扑向胶轮。轰然一声，施放烟雾似的，半崖里升起一片白云。接着，一切都停了下来；接着，从白云里挣扎出一个白人，额角上滴下殷红的血珠；接着，这白人扑向辕头，从辕杆下边拖出那个仇人来嘶喊着：

"一万辈儿的祖宗！我该把你个杂种放到崖底下！我该把你个杂种放到崖底下！"

一块被车轮撞动的石头缓缓地，缓缓地，滚向绝壁，在崖畔上摇摆了一下，仿佛无限深情地依恋着什么，旋即自由地垂落下去。刹那间，有一道苍色的闪电尾随着直劈涧底。

晚上，在马号前边卸了车以后，花手巾朝耳边凑上来：

"后半夜上我家去，我给你留门。"

他愣起眼，不大明白。

花手巾笑笑："你心里不是不平展吗？咱们弟兄生死之交，犯不着为女人置气，今黑夜就算是我补你。"

他听懂了。心中一阵狂跳。

夜静更深的时分，他去了。果然花手巾给他留着门。事完之后，当他心满意足地跨出屋门的时候，花手巾正在墙根下蹲着，和昨晚一模一样。他也不由一愣，一笑，而后硬铮铮撂下一句话：

"钱我还你！"

回到家里，媳妇来开门时只披了一件布衫，不知怎的胸中涌起一股兴头来，他一把将女人拥到了炕上。温顺的女人无声地驯从着，可她分明感到丈夫身上没有了那股杀气，丈夫又成了原来的丈夫。

黑暗中，土炕上有两团模糊的白影在晃动。

月亮落下去了，天上有很多星星。

看 山

视线举着整座山峰朝上升,升,升……然后,停在半空里挣扎着,到底挣不过,沮丧地落了下来;然后,再朝起升,升,升;然后,更沮丧地落下来。

"全一样,东西再大,本事再大也有个不毬行的时候!"

这么想着放牛人的视线里露出一股近似彻悟了的解脱来。看了一辈子的山,总算是把山看透了,看透了,心里又有点怜惜它们:

"当初朝天上举的时候,也不知费了多大的劲,举来举去举不动的时候,也不知受了多大的委屈,生了多大的气。"

无比的怜惜从视线中涌泻出来,深情地抚摸着群山。只能在苍天之下忍受屈辱的山们沉默着,木然着,比肩而立,仿佛一群被绑缚的奴隶。沉默聚多了,便流出一种对生的悲壮;木然凝久了,便涌出一种对死的渴望;于是,从沉默和木然中宣泄出一条哭着的河来,在崇山峻岭之中曲折着,温柔着,劝说着。

太阳很好,草很好,牛们也很好。随着缓缓移动的脚步,和吃草时摆动的脖子,牛铃丁丁冬冬地响着,稳稳的,悠悠的,传得很远。牛群越放越大,可是自己越过越孤单:妈死了,老婆死了,后来,儿子半路上也死了,只留下一个女儿和自己厮守着。可是,再后来,女儿也出嫁了。嫁女儿的时候他有些不舍,不舍可也到底嫁了。女儿一嫁,他的日子就好像是凝冻了一般,没有一丝的生气和活气;所剩下的只是放牛,只是像眼前这样独自一人每日每天,呆呆地看着这些个山。

猛地,有个东西白亮亮地刺进心里来:

昨天晚上,队长来找他,说他老了,说放牛的活儿苦重,说村上只有牛倌挣的工分最多,说队里打算换一个牛倌,说问他愿意不愿意。"不愿意!日他老先人,想端我的饭碗子哩!"心里这么想,嘴里却没这么说,只是笑笑,只是说:"我还能行哩。"送走队长,他提着马灯进了牛圈,看着反刍的牛们,两行老泪流下来,他问:"你们愿意么?你们说我老么?"牛们不说话,只把眼睛恋恋地看着他。今天,好像要躲开什么似的,他早早地把牛们带上了山。

树丛里一阵惊乱,杂沓的奔蹄声中窜出两头牛来,雌的在前,雄的在后,雄牛高举着傲然的角,紧追不舍,前蹄一顿,整个身体优美地腾空而立,接着两条前腿准确无误地搭在了雌牛的腰上，腹下那繁衍生命的灵物伸了出来，急切地寻找着。放牛人笑骂道：

"牤牛，牤牛，你狗日就没个够！你就不怕老？"

黑眼圈的雌牛扭动着身子，灵巧地一摆，从重压之下挣脱出来，钻进一蓬灌木丛中，庞大的雄牛在密匝匝的灌木丛前煞住脚步，悻悻地摆摆脖子，对着山脚下的村庄发出一阵浑重的吼叫。

放牛人靠着一棵歪脖子的橡树坐下来，坡下的石缝里生出一蓬丁香，正好挡住了身子，可却挡不住视线。掏出烟荷包用烟袋锅挖了一阵，掺了土拉叶的自制烟末随着喷出来的青烟，发出一股类似脚汗的臭味，可放牛人却有滋有味地享受着，透过眼前的青烟若有所思地看着山脚下那个熟悉的小山庄，他和牛们就是从那儿走出来的，村西头那三间石顶石墙的房子就是他的家，他一个人的家，只要他不回家，房顶上的那个烟筒就冷冷清清地永远不会冒出烟来。全村的人里，没有谁能像他这样，每日每天把自己的村子从头到脚打量个够。有一缕烟从嘴角挤到眼眶中来，泪水热辣辣地淹没了村子和家，揉揉眼，他把视线移向别处，可不觉中又恋恋地转了回来。不由就想：都是石顶石墙，都是扛锄下地，都是生儿育女，咋就没有个够？想到这儿又偷笑起来：你自己就没有个够，你自己天天坐在这半山里看来看去的就没有个够。可是，还没等这一丝笑容在嘴角上生出来，那惜别的悲哀就不由自主地漫了上来……"狗日的，他就不该跟我说！"

村子里，管成家的门口挂了一只面箩，箩上缚着一条尺把长的红布条，鲜亮亮地透着刚得了儿子的喜气。黑小家年前死了老人，过年时用白纸写的对子还在乌黑的门框上贴着，字辨不出，纸还是白生生的。保成媳妇正朝院墙上搭被子——娃娃们又尿炕了。下地的人们，三三两两扛着锄头走过村口的神树。鸡和狗的叫声像是隔了一层什么远远地传上来……一切都是熟悉的，一切都是看过无数遍的，可他觉得总没有把它们看透，自从女儿出了嫁，他就觉得这一切都和自己远远地隔了一层。倒是和牛们越来越亲近了。刚才在山坡上追逐的那头牝牛，就是儿子死的那一年出生的，不知怎么的，他总觉得这牝牛的眼神像自己死了的儿子，小的时候就尤其像。

牛群在山坡上散散漫漫地游荡着，长长的尾巴在周身上下不时地甩打，轰赶着围上来的虻蝇。长舌头在肥嫩的青草丛里卷来卷去，吃到酣畅处白白的口涎就顺着嘴角长长地垂下来，在明媚的阳光中拉出一道闪闪发光的弧线。或许是猛然间回忆起什么遥远的往事，它们就会中断了香甜的咀嚼从青草中抬起头来，黑而大的眼睛久久地注视着群山。

放牛人自信地在橡树下坐着，在山坡上，在身边的这一群当中，他已经享受惯了一种至高无上的尊严，他是它们的中心，它们是他的依靠。可是今天这自信中却夹进了一些惶恐：我真的就老得不中用了么？他真的就不用我了么？工分多那是我雪里雨里挣下的，这也叫人眼红么？嫌多，我宁愿减工分。可队长说话时的口气分明是冷冷的，是不容商量的。"狗日的，你也有个老的时候，你也不能一辈子当队长！"他知道，这种话只能是坐在这半山里，在心里骂骂，若是队长站在面前，若是队长真的把替换的人找了来，他只会笑笑，只能服从的，他想不出有什么办法可以不服从。不由得，他又想起撒手而去的老婆，半路而去的儿子来，想起虽然舍不得但还是嫁出去的女儿来。他原想能招一个上门的女婿，可是在这一带做上门女婿是要改姓更名的，是最最辱没祖宗的事情，是为男人所耻笑的。眼巴巴地等了许多年，到底还是等不过了，临行前，女儿一口气给他蒸了足够十天吃的干粮，引得他这么多年，总是想那十天，总是回味那些干粮的香甜。

　　山脚下，队长家的石窑里有人走出来，是队长的婆姨，慌慌的，走进院角上的茅厕里，手在腰间鼓捣了一阵，朝下一蹲，一个肥大的屁股就在太阳底下白亮亮地露了出来。村里人不讲究，茅厕只围上一圈半人不到的矮墙，蹲下去不见人就拉倒。可是在半山坡上，那截掩人耳目的矮墙形同虚设，一切都看得明明白白的。放牛人的脸上露出一丝报复的笑容来，把烟袋叼在嘴上，看着，笑着，就仿佛茅厕里有人在唱戏。笑着，看着，忽然又觉得十分的惶恐，慌慌地又把眼光移到远处的山上，就像偷了别人的东西。阳光下的屁股，白亮亮地刺痛了眼睛。

山们还是一如既往地沉默着，木然着，永远不会和昨天有什么不同，也永远不会和明天有什么不同，不同的只是人老了，放牛人细细地思量着：甩石头用的小锨已经磨得只剩下半个，若是换人，得叫队里到河底镇再去打一把新的来；下雨天上山穿的毛腿，已经防不住水了，若是换人，得叫队里再出羊毛，再纺线，重新织一副；水壶是自己预备的；再剩下的就是牛们了，跟人一样，各有各的脾气禀性，不在一块过日子谁也摸不清，心疼不心疼得看各人的良心……这么想着，那惜别的凄凉又涌了上来，好像是自己要咽气了，好像自己在给儿女们一件一件地安排后事。山还是原来的山，水还是原来的水，太阳也还是原来的太阳，不懂事的牛们安闲地吃着草，它们不知道，队长昨晚上来过，也许明天，也许后天，带它们上山的人就不是原来的那个人了。到那时候，就会是另外一个人，站在山坡上看山脚下的村子，看这些石顶石墙的房子，看这些扛锄下地的人们。

树丛里又是一阵杂沓的奔蹄声，牡牛又一次地向黑眼圈的雌牛发起了进攻。这一次，雄牛成功了，它把雌牛逼在一个死角里，随着一阵浑身的颤栗，也随着一丝因此而来到的难以察觉的衰老，一股生命之流从它结实的体内畅然而出。

心里昏昏沉沉的，太阳很暖和，坐在橡树下的放牛人睡着了，一缕口水从嘴角上搭拉下来。恍惚之中，他看见自己回到了村西头那间冷清的石房里，石房里忽然热闹起来，牛们不离左右地簇拥着，口口声声叫他队长，他坐在炕头上颐指气使地分派着：牤牛你去泉上担水，黑眼窝给我烧汤做饭，长耳朵和独角去拉土垫圈。它们都是只会服从，只会笑，没有谁不听话的，他很满意，朗声问道：

"我老么？"

"不老。不老。"

牛们都说，都笑。

可他还是老了。白胡子长了老长老长，想死，可又没有病，就走到半山这棵歪脖子橡树底下，拴上一根牵牛用的麻绳，往脖子上一套，两脚悬空，死了。牛们都围上来哭，牤牛哭得最凶，他睁开眼，劝牛们：

"不用哭，我想死。这石顶石墙的房子我一个人住够了。山根底下这个村子我天天看，看透了。"

牤牛说："你死，我也死，跟你一块走！"

牛们都围上来："我们也跟你一块死！"

半山里大家哭作一团，哭得肝肠寸断。他被哭得心软了：

"我不死，我不死，咱们还是都活着吧……"

哭着，说着，放牛人醒过来，伸手一摸，脸上湿湿的。黑眼窝下的那只牛犊子正凑在脸前头，伸着舌头舔他的脸，也许是尝到了一点咸味，细长的舌头怯生生地又一次伸上来。他不动，任那牛犊去舔。

太阳很暖和。

合 坟

院门前，一只被磨细了的枣木纺锤，在一双苍老的手上灵巧地旋转着，浅黄色的麻一缕一缕地加进旋转中来，仿佛不会终了似的，把丝丝缕缕的岁月也拧在一起，缠绕在那只枣红色的纺锤上。下午的阳光被漫山遍野的黄土揉碎了，而后，又慈祥地铺展开来。你忽然就觉得，下沉的太阳不是坠向西山，而是落进了她那双昏花的老眼。

不远处，老伴带了几个人正在刨开那座坟。锨和镢不断地碰撞在砖石上，于是，就有些金属的脆响冷冷地也揉碎到这一派夕阳的慈祥里来。老伴以前是村里的老支书，现在早已不是了，可那坟里的事情一直是他的心病。

那坟在这里孤零零地站了整整十四个春秋了。那坟里的北京姑娘早已变了黄土。

"恓惶的女子要是不死，现在腿下娃娃怕也有一堆了……"

一丝女人对女人的怜惜随着麻缕紧紧绕在了纺锤上——今天是那姑娘的喜日子，今天她要配干丧。乡亲们犹豫再三，商议再三，到底还是众人凑钱寻了一个"男人"，而后又众人做主给这孤单了十四年的姑娘捏和了一个家，请来先生看过，这两人属相对，生辰八字也对。

　　坟边上放了两只描红画绿的干丧盒子，因为是放尸骨用的，所以都不大，每只盒子上都系了一根红带。两只被彩绘过的棺盒，一只里装了那个付钱买来的男人的尸骨；另一只空着，等一会儿人们把坟刨开了，就把那十四年前的姑娘取出来，放进去，然后就合坟。再然后，村里一户出一个人头，到村长家的窑里吃荞麦面饸饹，浇羊肉炖胡萝卜块的臊子——这一份开销由村里出。这姑娘孤单得叫人心疼，爹妈远在千里以外的北京，一块来的同学们早就头也不回地走得一个也不剩，只有她留下走不成了。在阳世活着的时候她一个人孤零零走了，到了阴间捏和下了这门婚事，总得给她做够，给她尽到排场。

　　锹和镢碰到砖和水泥砌就的坟包上，偶或有些火星迸射进干燥的空气中来。有人忧心地想起了今年的收成：

　　"再不下些雨，今年的秋就旱塌了……"

　　明摆着的旱情，明摆着的结论，没有人回话，只有些零乱的丁当声。

　　"要是照着那年的样儿下一场，啥也不用愁。"

有人停下手来:"不是恁大的雨,玉香也就死不了。"

众人都停下来,心头都升起些往事。

"你说那年的雨是不是那条黑蛇发的?"

老支书正色道:"又是迷信!"

"迷信倒是不敢迷信,就是那条黑蛇太日怪。"

老支书再一次正色道:"迷信!"

对话的人不服气:"不迷信学堂里的娃娃们这几天是咋啦?一病一大片,连老师都捎带上。我早就不愿意用玉香的陈列室做学堂,守着个孤鬼尽是晦气。"

"不用陈列室做教室,谁给咱村盖学堂?"

"少修些大寨田啥也有了……不是跟上你修大寨田,玉香还不一定就能死哩!"

这话太噎人。

老支书骤然愣了一刻,把正抽着的烟卷从嘴角上取下来,一丝口水在烟蒂上亮闪闪地拉断了,突然,涨头涨脸地咳嗽起来。老支书虽然早已经不是支书了,只是人们和他自己都忘不了,他曾经做过支书。

有人出来圆场:"话不能这么说,死活都是命定的,谁能管住谁?那一回,要不是那条黑蛇,玉香也死不了。那黑蛇就是怪,偏偏绳甩过去了,它给爬上来了……"

这个话题重复了十四年,在场的人都没有兴趣再把那事情重复一遍,丁丁当当的金属声复又冷冷地响起来。

那一年，老支书领着全村民众，和北京来的学生娃娃们苦干一冬一春，在村前修出平平整整三块大寨田，为此，还得了县里发的红旗。没想到，夏季的头一场山水就冲走两块大寨田。第二次发山洪的时候，学生娃娃们从老支书家里拿出那面红旗来插在地头上，要抗洪保田。疯牛一样的山洪眨眼冲塌了地堰，学生娃娃们照着电影上演的样子，手拉手跳下水去。老支书跪在雨地里磕破了额头，求娃娃们上来。把别人都拉上岸来的时候，新塌的地堰将玉香裹进水里去。男人们拎着麻绳追出几十丈远，玉香在浪头上时隐时现地乱挥着手臂，终于还是抓住了那条抛过去的麻绳。正当人们合力朝岸上拉绳的时候，猛然看见一条胳膊粗细的黑蛇，一头紧盘在玉香的腰间，一头正沿着麻绳风驰电掣般地爬过来，长长的蛇信子在高举着的蛇头上左右乱弹，水淋淋的身子寒光闪闪，眨眼间展开丈把来长。正在拉绳的人们发一声惨叫，全都抛下了绳子，又粗又长的麻绳带着黑蛇在水面上击出一道水花，转眼被吞没在浪谷之间。一直到三十里外的转弯处，山水才把玉香送上岸来。追上去的几个男人说山水会给人脱衣服，玉香赤条条的没一丝遮盖；说从没有见过那么白嫩的身子；说玉香的腰间被那黑蛇生生地缠出一道乌青的伤痕来。

后来，玉香就上了报纸。后来，县委书记来开过千人大会。后来，就盖了那排事迹陈列室。后来，就有了那座坟，和坟前那块碑。碑的正面刻着：知青楷模，吕梁英烈。碑的反面刻着：陈玉香，女，一九五三年五月五日生于北京铁路工人家庭，一九六八年毕业于北京第三十七中学，一九六九年一月赴吕梁山区岔上公社土腰大队神峪村插队落户，一九七二年八月十七日为保卫大寨田，在与洪水搏斗中英勇牺牲。

报纸登过就不再登了，大会开过也不再开了。立在村口的那座孤坟却叫乡亲们心里十分忐忑：

"正村口留一个孤鬼，怕村里不干净呢。"

可是碍着玉香的同学们，更碍着县党委会的决定，那坟还是立在村口了。报纸上和石碑上都没提那条黑蛇，只有乡亲们忘不了那摄人心魄的一幕，总是认定这砖和水泥砌就的坟墓里，聚集了些说不清道不白的哀愁。茌苒便是十四年。玉香的同学们走了，不来了；县委书记也换了不知多少任；谁也不再记得这个姑娘，只是有些个青草慢慢地从砖石的缝隙中长出来。

除去了砖石，铁锨在松软的黄土里自由了许多。渐渐地，一伙人都没在了坑底，只有银亮的锨头一闪一闪地扬出湿润的黄色来。随着一脚蹬空，一只锨深深地落进了空洞里，尽管是预料好的，可人们的心头还是止不住一震：

"到了？"

"到了。"

"慢些，不敢碰坏她。"

"知道。"

老支书把预备好的酒瓶递下去：

"都喝一口，招呼在坑里阴着。"

会喝的，不会喝的，都吞下一口，浓烈的酒气从墓坑里荡出来。

木头不好，棺材已经朽了，用手揭去腐烂的棺板，那具完整的尸骨白森森地露了出来。墓坑内的气氛再一次紧绷绷地凝冻起来。这一幕也是早就预料的，可大家还是定定地在这副白骨前怔住了。内中有人曾见过十四年前附在这尸骨外面的白嫩的身子，大家也都还记得，曾被这白骨支撑着的那个有说有笑的姑娘。洪水最后吞没了她的时候，两条长长的辫子还又漂上水来，辫子上红毛线扎的头绳还又在眼前闪了一下。可现在，躺在黄土里的那副骨头白森森的，一股尚可分辨的腐味，正从墓底的泥土和白骨中阴冷地渗透出来。

老支书把干丧盒子递下去：

"快，先把玉香挪进来，先挪头。"

人们七手八脚地蹲下去，接着，是一阵骨头和木头空洞洞的碰撞声。这骨头和这声音，又引出些古老而又平静的话题来：

"都一样，活到头都是这么一场……做了真龙天子他也就是这个样。"

"黄泉路上没老少，恓惶的，为啥挣死挣活非要从北京跑到咱这老山里来死呢？"

"北京的黄土不埋人?"

"到底不一样。你死的时候保险没人给你开大会。"

"我不用开大会。有个孝子举幡,请来一班响器就行。"

老支书正色道:"又是封建。"

有人揶揄着:"是了,你不封建。等你死了学公家人的样儿,用火烧,用文火慢慢烧。到时候我吆上大车送你去。"

一阵笑声从墓坑里轰隆隆地爆发出来,冷丁,又刀切一般地止住。老支书涨头涨脸地咳起来,有两颗老泪从血红的眼眶里颠出来。忽然有人喊:

"呀,快看,这营生还在哩!"

四五个黑色的头扎成一堆,十来只眼睛大大地睁着,把一块红色的塑料皮紧紧围在中间:

"是玉香的东西!"

"是玉香平日用的那本《毛主席语录》。"

"呀呀,还在哩,书烂了,皮皮还是好好的。"

"呀呀……"

"嘿呀……"

一股说不清是惊讶,是赞叹,还是恐惧的情绪,在墓坑的四壁之间涌来荡去。往日的岁月被活生生地挖出来的时候竟叫人这样毛骨悚然。有人疑疑惑惑地发问:

"这营生咋办?也给玉香挪进去?"

猛地,老支书爆发起来,对着坑底的人们一阵狂喊:

"为啥不挪？咋，玉香的东西，不给玉香给你？你狗日还惦记着发财哩？挪！一根头发也是她的，挪！"

墓坑里的人被镇住，蔫蔫的再不敢回话，只有些粗重的喘息声显得很响，很重。

大约是听到了吵喊声，院门前的那只纺锤停下来，苍老的手在眼眉上搭个遮阴的凉棚：

"老东西，今天也是你发威的日子？"

挖开的坟又合起来。原来包坟用的砖石没有再用，黄土堆就的新坟朴素地立着，在漫天遍野的黄土和慈祥的夕阳里显得宁静，平和，仿佛真的再无一丝哀怨。

老支书把村里买的最后一包烟撕开来，数了数，正好，每个人还能摊两枝，他一份一份地发出去；又晃晃酒瓶，还有个底子；于是，一伙人坐在坟前的土地上，就着烟喝起来。酒过一巡，每个人心里又都升起暖意来。有人用烟卷戳点着问道：

"这碑咋办？"

"啥咋办？"

"碑呀。以前这坟底埋的玉香一个人，这碑也是给她一个人的。现在是两个人，那男人也有名有姓，说到哪儿去也是一家之主呀！"

是个难题。

一伙人闷住头，有许多烟在头顶冒出来，一团一团的。透过烟雾有人在看老支书。老人吞下一口酒，热辣辣的一直烧到心底：

"不用啦，他就委屈些吧。这碑是玉香用命换来的，别人记不记扯淡，咱村的人总得记住！"

没有人回答，又有许多烟一团一团地冒出来。老支书站起身，拍打着屁股上的尘土：

"回吧，吃饸饹。"

看见坟前的人散了场，那只旋转的纺锤再一次停下来。她扯过一根麻丝放进嘴里，缓缓地用口水抿着，心中慢慢思量着那件老伴交代过的事情。沉下去的夕阳，使她眼前这寂寥的山野又空旷了许多，沉静的思绪从嘴角的麻丝里慢慢扯出来，融在黄昏的灰暗之中。

吃过饸饹，两个老人守着那只旋转的纺锤熬到半夜，而后纺锤停下来：

"去吧？"

"去。"

她把准备好的一只荆篮递过去：

"都有了，烟、酒、馍、菜，还有香，你看看。"

"行了。"

"去了告给玉香，后生是属蛇的，生辰八字都般配。咱们阳世的人都是血肉亲，顶不住他们阴间的人，他们是骨头亲，骨头亲才是正经亲哩！"

"又是迷信！"

"不迷信,你躲到三更半夜是干啥?"

"我跟你们不一样!"

"啥不一样?反正我知道玉香恓惶哩,在咱窑里还住过二年,不是亲生闺女也差不多……"

女人的眼泪总是比话要流得快些。

男人不耐烦女人的眼泪,转身走了。

没有星星,也没有月亮,很黑。

那只枣红色的纺锤又在油灯底下旋转起来,一缕一缕的麻又款款地加进去。蓦地,一阵剧烈的咳嗽声从坟那边传过来,她揪心地转过头去。"吭——吭"的声音在阴冷的黑夜深处骤然而起,仿佛一株朽空了的老树从树洞里发出来的,像哭,又像是笑。

村中的土窑里,又有人被惊醒了,僵直的身子深深地掩埋在黑暗中,怵然支起耳朵来。

假 婚

他从一开始就觉得这事情怕是有假。当做保人的队长笑嘻嘻地把这个女人,和那个三四岁的小女孩领到院子里来的时候,他猜定女人准保是叫队长"过了一水"。可是心一横,他还是把这女人和孩子接下了。老婆死了二十年,两个闺女都已出嫁,他这条熬了二十年的光棍实在是干渴坏了!男女双方在那张保书上按了指头印,队长从炕席背面撅下一条苇劈儿,把从牙缝里剔出来的葱花鸡蛋又抿回酒气冲冲的嘴里去:

"行啦,又捏和成一个人家啦!你是光棍一条穷得娶不起;你是死了男人又遭了年景出来讨吃,只求有口饭吃。穷碰穷,碰对了。走遍天下也是男人睡女人,女人生娃娃,一块过吧!公社那张结婚证好说,等闲下了,你求个人给家里写封信,寄回一张证明来补上它。"

把队长送出院门外的时候,队长又凑在耳朵边补充着:

"错不了,是陕西榆林贺家梁的人。我找小学校刘老师查过地图,地图上明明标着哩,她跑不出地图去。今黑夜好好解解渴吧,可不敢太狠了,往后日子长哩。嘿嘿,那货浑身肉肉的,保你错不了……"

那火气猛然撞上来:

"狗日的,保险过了一水!"

可这股火只一闪,便过去了。不管怎么说,人家给你领来个不用花钱的婆姨。更何况,就是没有队长这一水,自己也绝不是头一水——你还想做梦娶个黄花姑娘?想到这儿,连他自己也取笑起那股无名的火气来:嘿嘿,癞蛤蟆想吃天鹅肉!

返回屋里,他把米面油盐指给女人,又教她生了一回火,然后挑起水桶一气把缸灌满,放下水担又拿起斧子来到柴垛前。二十年来,他一直是将就担水,凑合劈柴,嫁了闺女以后连油盐吃到嘴里也尝不出些滋味来。今天不一样,今天浑身上下猛然胀满了力气。刚才,和队长一起喝得猛了些,酒们在腔膛里热烘烘地烧着,烧得人有些微微地晕眩。斧头在院子里山摇地动地挥舞起来,随着冬冬的响声,洁白的木屑在锋利的斧刃下边飞迸出来,下雪一般在身前身后铺了白花花一片。正劈着,女人出来抱柴,在身旁伏下身去的时候,他蓦然瞥见那厚墩墩的胸脯一阵撩人的乱颤,仿佛揣了只肥鹅在那灰黜黜的衣裳下边,他抿嘴在心里笑起来:

"好这两只肥奶,能托一对金刚在上边!"

其实，这女人他昨天已经见过。昨天听说村里来了个讨吃的女人在队长家留宿，他去扫过一眼，那时候还不知道这女人打算寻个人家。可是现在看和昨天看不一样。昨天是看人家的，今天是看自己的。这么想着，他那双定定的眼睛里流露出些占有的放肆来：看前身，看后身，看头上，看腿下……女人分明感到了这目光的灼烫，默默地接受着，并不停下手里的活计，偶尔低低地抬起眼睛和他轻轻一碰，随即又顺从地垂下眼皮去。男人的直觉让他感到了这默许之中的沉着，和这沉着之中的认定了命运的冷静。可是，他觉得她不该这么冷静，他觉得这冷静碰着了他胸膛里那股热烘烘的力量，她这么冷静太不像个女人了。可他又实在想象不出眼前这女人应当是个什么样子才合他这男人的心意：永辈子没有见过面的三个人，一眨眼捏成一家子，就是唱戏也还得拉个过门呢。可这不是戏，眼前这个女人早就经见过了男女中间的那些事情，经见了不止十回八回，连孩子都已经三四岁了。一个穷光棍你还想什么？酒们还在胸膛里烧着，而且又有一股别的力量翻涌着加进来。他紧紧握定手中的斧子，凭着男人的骨气狠狠地压抑着那股在身体里冲动起来的力量。他不能倒了架子，尤其不能在这讨吃女人的面前倒了做男人的架子。看着女人稳稳地在屋门后边隐去的背影，他的眼睛里又现出那一对肥硕的奶子来，那个"能托一对金刚"的怪念头叫他再一次地笑起来：

"你狗日还想挑肥拣瘦？——解了肚饥就是好饭！"

吃完饭，点着灯，炕席上、墙壁上忽长忽短地晃着三个陌生的人影。不到半个后响的时间，这女人已经把屋里抹得干干净净的。灶里还有些残柴在燃烧，女人半倚着墙站在灶口前，昏暗的灯影，一张脸在灶口的火光中明暗飘忽地显出来。他沉浸在这显得有几分陌生的温软之中，被岁月磨难得早已变得粗糙了的身体，和变得同样粗糙了的心，在这幽幽的灯影和飘忽的火光中受到一种难言的感动。可这感动也叫他陌生。

该问的该说的，都问了也都说了。搜肠刮肚又想出来的不多的几句话也说了。所剩下的似乎只是那一刻，和那件事了。那些所有被他有意无意拿来支撑"架子"的东西，像深秋的叶子一样轻而易举地落下去，赤裸裸地把树的身体露了出来。

女人在等。火光中忽明忽暗的脸上，分明持着那股认定了的冷静。

只有孩子超然在这对男女之外，手里拿着他那只用狍子的蹄腿制成的烟袋，翻来覆去地把玩，时不时地从嘴里冒出一两句稚嫩的外乡口音。

他心里猛升起一股焦躁和愤懑，他不满意女人脸上那股执着的冷静，随手从头上取下污黑的毛巾来命令着：

"给，洗洗！"

女人微笑着走过来伸手去拿，他顺势抓住女人的膀头，一把将她扭转到自己跟前。

"妈，枪！"

女孩指着斜挂在墙上的那枝长长的火枪,操着外乡口音喊起来。

女人并不挣,只是低下眼睛:

"等她睡了吧。"

"不等!西屋空着!"

他发起火来,而且不知为什么又想起来这女人昨晚曾被队长"过了一水"——吃"过水面"也叫老子等?!

女人不再应声,默默地为孩子拉过一个枕头抱她躺下,又把一块不知何年何月藏在衣兜里的,化得黏糊糊的糖球塞进孩子嘴里。

没点灯。他像是带了一件猎物,把女人领到炕上。一团漆黑之中,那股在腔膛里憋涨了二十年的洪水,野蛮而又疯狂地倾泻出来。两个生命在那混沌难分的黑暗中纷乱地搅成一体,分不清你和我,分不清男和女,分不清什么是别人什么是自己……

一只偷食的老鼠从房顶失足掉下来,吱吱地尖叫着,仓皇逃窜之中撞在一个滚烫而柔软的肉体上,它猜不出这是什么,尖细的爪子在炕席上留下一串魂飞胆散的碎响。

第一天,他们是这样。

第二天,他们是这样。

第三天,他们还是这样。

他觉出自己在发疯,可他又没有力量制止从自己身体中狂涌而出的这股疯狂。而且,只要一想到这女人在属于自己的前一夜,曾被别的男人"过了一水",那股疯狂就十倍地膨胀起来,膨胀得比自己那个血肉组成的躯体不知要巨大多少倍,像一个毛首毛身的怪物,气喘吁吁地和自己对峙而立。

可是,这股狂潮终于一点一点地在女人温软而又宽容的胸脯上平静下来。等野性平静下来,他那股男人的自尊和自信又在身体里复苏了。这一天,吃过早饭,他等那女人收拾停当之后,从怀里掏出十块钱来:

"给。"

女人愣愣地不接。

"嫌少?再给十块!"

女人还是愣着。

"你不用哄我。你有家,你有男人,他没死,你还有娃娃,他们在家等着你哩!"

"没……没……"女人惶恐地摆着头。

"哄你的鬼吧!"他发起火来,"你在我这儿住上三个月、五个月,住上一年半年,瞅个空儿一走,还不是撂下我一个人?我图啥?图个白白养活你娘俩一场?走,要走就快走!我五尺高的男人不能叫人当大头耍!"

有泪从那个女人的脸上淌下来。

不知怎的,他竟从这泪水里得到了一些快意。这么多天了,他一直觉得窝囊,觉得自己没有降住这个冷静的女人。自己总是着着急急地盼着天黑,天一黑,又总是猴急着那件事情。现在好了,捅破了这一层窗户纸,这女人分明是攥在手心里了。女人抽抽搭搭地哭着:

"他大哥……"

"行,叫开大哥了。"他在心里冷冷地笑起来,"你到底是撑不住了呀!有本事做这种事情,就得有本事撑到底。"可他并不把这话说出来,只是蹲在炕头上稳稳地笑着,蛮有把握地等着。

"他大哥,家里遭了年景,实在活不过去了……我对不住你。你要是不愿意留,我们就走……你那被子我昨天才拆洗了,还没给你缝好哩,等一阵缝好了,我就走……"

猛然有一股泪水呛上来,他死命地忍着。那条被子还是三年前二闺女出嫁时给他拆洗过的。这几天,这个女人屋里屋外没命地干,村里人都说他走时运,半道上拾来个财神。说实话,他自己的心里也时时地翻涌起这念头来,想把这女人和孩子拴住。他甚至想过要和这女人一起回贺家梁把证明拿回来。女人是个好女人,可假的也到底是假的。他气这女人做假做得这么真,做假做得让他动了心。

可男人的心肠到底还是叫女人的眼泪泡软了:

"要留你就留,想走你就走,我又不管你……"

女人直通通地当屋给他跪下:

"他大哥,我和娃他爸都忘不了你……"

一股火气又撞上来，他暴跳着：

"你回去告给你男人，我的枪子儿够不着他，要是能够着，我头一个枪毙的就是他！他是个活畜生！"

"他大哥，他也是可怜人……我不留，给你做了被子，明天我们就走……"

那个三四岁的孩子不知道大人中间出了什么事情，只管抱住妈妈又哭又喊。

他心里想到了也许会闹这么一场，可闹了这一场又叫他十分的不自在——这算是演了一出啥戏？可能一想到印在保书上的那两个指印，一想到这个本该是自己老婆的女人，却原来又是别人的老婆，心里的那股邪火便一阵阵地撞到脑门上。

"夫妻"一场这么快就走到了尽头。

这一晚，吃过饭，又到了上灯的时分，他们默默无言地僵持着。孩子已经滚在炕角里睡着了。

女人在等他。

他抽着烟，心在发狠。他不能放过这一夜，不能眼睁睁地放过这个最后的机会。过了这一晚，他不知道自己又要干渴多少年……他对着灯头用那只狍子蹄腿制成的烟袋过着烟瘾，一锅又一锅地抽，而后又一锅又一锅地把烟灰磕在炕沿上。这个并无什么希望的希望破灭了，这个本来就是假事的假事结束了。可是它却在这个熬了二十年的光棍汉的心里引出无限的烦恼来。越是烦恼便越是焦躁和愤懑，他不知道该把这满腔的焦躁和愤懑发向何处，只知道那个明天就要走的女人在等他。猛地，他把那只精巧的烟袋摔到了锅台上，回身命令着：

"睡吧！"

女人解开扣子，灰黜黜的衣服后边露出那两只肥硕的奶子来。突然，一个念头烫了一下，他质问道：

"队长那狗日的动过你没？"

女人尴尬地低下头去，把敞开的怀又掩起来。

"说！动过没？！"

女人迟疑了一阵，艰难地点点头。

"狗日的，叫我吃他的过水面哩！我日他的祖宗！"

男人胸腔里的那股狂潮又劈头盖顶地压下来，他朝女人扑了上去，肆虐着，疯狂着，发泄，仿佛大半生的苦难皆因为这件事而变得更苦了，仿佛此生此世挣不脱的那张网全因为这个女人而勒得更紧了。在野蛮的痉挛和喘息之中，他把那说不清道不出的烦恼和苦闷，撕不断扯不开的灵魂和肉体搅成了碎块，搅成一股血肉模糊的污流朝着女人倾泻下去。

女人无声地承受着，温软而宽容的胸脯在那狂潮的冲击下，仍旧温软而宽容着。

如豆的油灯幽幽地燃着，艰难地在坚硬的黑暗中支撑起一抹似有若无的光明。

当那狂潮终于平息下来的时候，男人粗拉拉的手掌无意中在女人的脸上抹下些温热的泪水来。

秋 语

紧擦着地皮,锋利的镰刀稳稳地搭到玉茭秆上,用力一提,刷,现出两个一模一样的圆圆的斜面,淡青色的斜面上发汗似的,汪出些晶莹细碎的汁液来。随着一阵噼噼啪啪的坼裂声,枯黄的叶子带着被它们拂起的最后一阵微风倾倒在地头上。于是,这萧瑟的山野间便又辟出一角秋日的空旷。

"今后晌这块地割完了。"

"完了。"

"歇歇吧?"

"歇歇。"

"就在老五跟前抽一袋。"

"能行,就在老五跟前。"

又是一阵枯叶劈劈啪啪的坼裂声,两位老人坐在被自己割倒的玉茭上,慢腾腾地各自取出烟袋,一边抽着,又各自退下一只几乎和自己一样苍老疲惫的布鞋来。把鞋底朝上翻着,抽完一袋,就把烟锅里残留的那团暗红的炭火,小心翼翼地磕到鞋底上;而后,端起鞋凑到脸跟前,又把新装满的烟锅倒扣在炭火上引着;就这样,一锅接一锅地重复着这略显局促的动作,很迟缓,也很自信。用这种方法人虽劳累些,但很节省,不管抽多少烟,每一次耗费的火柴只有一根。

"看看快么,春起老五还和咱们种哩,秋里的玉荬他倒吃不上了!"

"快,咱们也快。"

"嘿嘿……"

一阵秋风袭来,刮散了一只鞋底上的火种,刮来一阵干枯的朽叶们的摩擦声,谈话被迫中断了,惋惜的咒骂声中,那只反扣着的鞋只好翻正过来:

"冢日的呢,来,对对。"

两只锃亮的烟锅,一白一黄,交喙般地对紧在一处,一个吹,一个吸,眨眼,又冒出许多辛辣的青烟来。青烟的背后是老五的坟,春季才安葬的,现在却已覆满了杂草。这里埋人不挖坑,只依山打一眼洞,讲究些的就再砌一个拱顶,洞口用碎石封砌,坟口前用三块石板搭一个既做"门"又做"桌"的石案。日后,每一年的清明,活着的人便到这些石案上来祭奠,趁着些泪水,死了的和活着的,就在石案上有了片刻的聚会。现在,夏季已过,野草早就把山和坟连成一体,只有那三块石板，冷冷地，在草丛中支撑着一个死的记忆。

"全一样。活着，是自己种了玉茭吃玉茭；死了，是看着别人种了玉茭吃玉茭。"

"说的——到底不一样，这一口烟先就抽不上了。"

一阵无话。

干燥的秋风又揉搓出些干燥的摩擦声。

"今晌午吃的啥？"

"吃啥？窝窝。"

"这几天一提吃饭就熬煎人哩，一斗多玉茭面捂得霉了，又苦气又涩巴，高低吃不完啦！"

"金贵得你！咽不下去玉茭面啦？你还是不饿。"

"嘿嘿，人这东西就是贱，得着点好的，再不想坏的；够着点高的，再不看低的；要不咋说人往高处走呢。"

"高？白面大米高，鱼翅燕窝更高，你能够着？"

"够不着还不许想？"

"想也是白搭！你还想着坐了龙庭天天吃炖肉呢！"

"嘿嘿，狗日的偏是会勾引哩。要能天天吃炖肉，谁还跟你这老鬼来割玉茭。到时候，挠痒痒我也雇上人给挠！"

两人笑起来，笑得很开心。想不到一番闲话竟引出一个如此惬意的境界来。若不是这么说出来，甚或连他们自己也不会料到，在自己的心底里竟藏了如此奢侈的妄想。

"老五跟我说过，有一回他在队伍上肥肉吃多了，一连跑了五天的肚,玄乎把肠子也泻出去。"

"嗨呀,这一件事他吹了够五十回!"

黄了梢的野草们静默着,那三块冷冷的石板也静默着,无声地倾听着这场本来应该是三个人的闲谈。秋天的山野照旧空旷着,寂寥着,刹那中,仿佛天地间万物皆无,惟留下这些懵懵懂懂的苍老的声音。

"最末后那一天我去了,傍黑的工夫他又来了精神,说是要唱,银女哭着不叫唱,我挡住:唱,这一辈子他还有几回哩?活着不唱,死了唱?他就唱,气也接不上,磕磕巴巴就唱了一句:'头戴翡翠押风髻,身穿八宝龙凤衣'……夜里咽的气。"

"老五的福气——倒唱了一辈子好戏文。"

"可不是,临死还有这么一句好戏文。"

"老五不该死,死了叫咱们少听多少戏文。"

"就是。"

或许是察觉了,或许是根本就没有什么察觉,两位老人不约而同地停下一切哪怕是极细微的动作,定定地木然着,甚至连一点记忆的残片也不曾拂动起来。老五就在他们身边,浅浅的一个洞,薄薄的一堵墙……这个不久将往的世界于他们并无什么恐惧,更无一道黑白分明的界线,人生走到结尾了才依稀觉悟到其实连开始也是没有的。

"银女一股劲哭,说是对不住老五。"

"是对不住。她银女连半个娃娃也没给老五生养下。"

"连玉茭也知道年年结籽籽哩,人活一世活成个绝户,老五真是恓惶死啦,窝憋死啦。银女咋就接不下个种种?"

"生死不由人,哭也是白哭。"

一只玉色的蝈蝈,从倒伏着的玉茭秆的缝隙中奇迹般地挣扎出来。断了一条腿,却仍有些筋肉连着。也许是和草木一样的被霜染过了,翠玉也似的身子上竟也有几点秋红。头顶上两条细长的触须惊恐地摆动着,面对自己这块被搅得天翻地覆的世界茫然不知所措。一只本来接火种用的布鞋,现在忽然有了另外的用场,筋骨嶙峋的手捏着它猛然把蝈蝈扣在黑暗之中。当蝈蝈再次见到光明的时候,已经被两根指头牢牢夹紧在中间,苍老的笑声犹如孩童般欣喜:

"嘿嘿,看你狗日还跑么?"

"老鬼,又不是娃娃家,你害它干啥?"

"嘿嘿,就是给娃娃抓的么。石娃跟我哭闹多少回了,就是逮不着个蝈蝈。"

"老得没样啦,能给孙子当孙子,狗日的。"

"嘿嘿……"

"今后响的玉茭不用割啦,你就捏着它吧!"

"说的,还能白挣人家队里的工分。有地方装它。"

说着,蝈蝈又落入无底的黑暗中,也许它有些受不了烟荷包里辛辣的烟末,那条唯一剩下来逃命的腿,有力地弹蹬着,把牛皮做的荷包划出些细微的响声来。

"老五和银女过事（婚礼），你在么？"

"咋不在？那一回的羊肉炸美了，我一气吃了狗日五碗！"

"要说老五也有些福气，先给阎锡山当兵，后给贺龙当兵，一晃半辈子，偏偏就有个银女在村里给他预备着哩。"

"银女嫁给老五那阵，旺财死了有一年多了。"

"胡说，八个月！"

"一年！"

"八个月！主意还是我给他出的：盛到碗里的肉就是你的，等啥？等得长了能轮上你？——先拾掇了再说！老五那日的才跟我说，这辈子还没挨过个女人的身子，叫我先教教他，哈，狗日的，这事能教？到底缠不过才给他细细说了一回，哈……"

"要我就不说，就带上他找银女，叫银女教他。啥？嫌丢人？问你就不丢人？……哈，不知道这老鬼还有这洋相……"

"……哎，谁知就害了老五，这银女不会生养。"

"……"

又是一阵无话。

那只黑暗中的蝈蝈挣扎得猛烈起来，牛皮荷包里一阵噼噼嘭嘭的闷响。歇久了，身体里的血流得迟缓起来，渐起的凉意在胸前背后慢慢扩张开，把本来就佝偻着的身子更紧地挤到一起。远处，升起些薄薄的山岚，淡淡的，浅浅的，似乎也是冷冷的。你会以为是自己的眼睛模糊了,揉一揉,再看,还是那一层冷冷的淡蓝。

"你说银女赶明儿是跟旺财埋呀?还是跟咱老五埋?"

"用问!"

"旺财?"

"不跟旺财埋跟你埋?旺财家里那一伙伙人眼珠子瞪得快要栽到地下了!"

"好说了,她银女到底是跟老五活了几十年!"

"几十年顶屁用,人家旺财是头一个男人。你银女就是再嫁上三回五回,也得回到头一个男人这儿来!"

"要是银女和老五有个一男半女的就好了。儿女们出头硬顶住,他谁敢来刨坟不成?"

"净是淡话,一男半女——有吗?"

"哎,老五做鬼还是做个孤鬼。"

"有啥法儿?"

"家日的呢,来世一场还不如不做这个人!"

"哼,由你?"

"日它的祖宗!……"

烟,早就不冒了,烫手的烟锅也变得凉冰冰的,两个人忽然失去了闲聊的兴致。远处的山岚似乎是逼近了些,田野里无声地涌起一派冷寂。

"动弹吧?"

"动弹。"

他们歪斜着站起来,走向垅头,又开始重复那个在一生之中注定了要成千上万次重复的动作。锋利的镰刀又在玉茭秆上割出许许多多一模一样的圆来。随着劈劈啪啪的声音响过,在他们身后留下来的,是愈来愈多的空旷。

太阳西沉了。

越来越重的暮色中,层层叠叠的山们惶恐地晃动着惊慌的额头,以为是光明正在抛弃自己。其实,它们不懂,那一层层如梦魇般漫上来的黑暗正是自己的身影,它们正深深地没顶在自己对自己的遮蔽之中。

远远看去,昏暗的山影浑然一片,什么也辨别不清。若不是时不时地有玉茭长长的尸体倒下去时发出的坼裂声,谁也不会知道,那浑然而昏暗的山影中包容着两个收割的老人。

送　葬

"吃吧吃吧，快吃，加菜！"

队长抹一把脸上的汗水，在锅边上丁当有声地敲着铁勺。那口气，痛快，大方，且比平日少了几分派头，多了几分真诚。

"六月的羊，膻过墙。"灶火上，大铁锅里冒出来的热气果然是腥膻无比。可众人却并不在乎这膻气，一个个蹲在地上，把脸扎在大海碗里，十几条汉子，十几只海碗，庙屋里一派稀里呼噜的吞咽之声。一面吃着，一面从碗沿儿上翘起脸来迎奉着队长的大方，一律的红脸白牙，一律的汗珠滚滚。从容一点的，就会从碗边上直起身来，伸手从鼻筒里捏出两管清鼻涕甩到地上，再把指头在鞋帮上蹭干，或是跟队长嘿嘿地笑笑，或是和身边的人搭几句闲话，这中间又总能十分敏捷地操起筷子，把浮在碗面上的肥肉夹一两块放到嘴里去。

队长抡起勺子在锅里转了两圈,把赶到一处的肉块盛了出来,真满,满得冒了尖儿!人们都把眼睛抬起来,那盯着这只冒了尖儿的流汤滴水的铁勺,自然也都明白,这满满一勺肉不会倒在自己碗里。果然,队长朝那两个从邻村请来的木匠走过去:

"来,你俩有功!"

看着这一勺肉终于有了归属,众人似乎都松了一口气,而后,又都真心实意地附和着:

"嘿嘿,就是有功哩!"

"不是你师徒俩熬夜,拐叔这阵儿也没个安置处。"

两位木匠满脸谦和地应酬着,说些"不要紧""不算啥"的客套话,所不同的是师傅脸上透出一股自信和满意;而徒弟的眼睛里总是闪烁不定的胆怯。当队长笑着又把第二勺肉块递过来的时候,师傅伸手挡住了铁勺:

"算了吧,他一个娃娃家吃不下那么多的肉,还要滞住食呢!"

徒弟慌慌地把一只手捂在碗口上:

"吃不动啦,吃不动啦!"

可是,众人却不依,都跟着队长热情而真诚地劝着:

"说毬的,吃吧,十五的小子吃死老子,快盛上!"

徒弟的防线被攻破了,可眼睛却一直怯怯地朝师傅脸上寻找着一个认可。师傅不说行,也不说不行,只把身子扭向别处——众情难却，他不好驳了大家的面子。

有人同师傅搭讪：

"你这一辈子做了多少棺材？"

"嗨呀，这可说不上，总有七八十了。"

"咱这道川里死在你前头的人都是福气！"

"咋说？"

"能躺你做的棺材还不是福气！"

说话的人笑起来，听话的人也笑起来，谁也明白，这奉承话是说到木匠心缝里去了。于是，大家都朝庙屋外的院子看过去，那儿，放着木匠师徒精心赶制出来的杰作：夏天白得刺眼的阳光下，是那口白得刺眼的棺材。棺材旁边是那棵已经老得不结果的苹果树，这棵陪伴了主人半生的苹果树似乎懂得发生了什么，挣扎着，把自己斑驳的树影扑倒在棺材上，偶或有风吹过，枝叶间便是一派沙沙的悲戚之声。

"看看这板刨得光么！"

"瞧那缝子严的！"

"一样样的木头，人家手里出来的货就是气派！"

木匠师傅呵呵笑着道出心里的一点遗憾来：

"可惜，是杨木。要是用柏木，样子更好。我这一辈子就做过两口柏木棺材，一回是老以前给邱家二奶奶做，一回是给公社陈书记的老丈人做，那木头，刮出来不用使漆就是亮的！"

"你说啥？"

队长把手中的铁勺扔回到菜锅里："柏木？看他配么！就凭他那么高的成分儿？就凭他这富农？队里埋他就够面子，也就是我给他出头办这事情，搁着别人谁敢？"

有人问："不是'四清'的时候给拐叔摘了帽儿？"

"摘了帽儿他也是有过帽儿！"

众人都讷讷地缄了口，稀里呼噜地吞面条的声音又淹没了一切。队长说的这件事情大家都知道，而且，还知道土改的时候拐叔的哥哥卷带着细软跑了，拐叔是个拐子，跑不脱，是顶替哥哥做了富农的。土改分了房子、分了地，就把拐叔分到村东的旧庙里跟送子娘娘做伴。拐叔似乎并不懊恼那些本不属于自己的土地和房产，似乎也不懊恼那顶"帽儿"，见了乡亲们终日呵呵地笑着。后来，就在庙屋前栽了这棵苹果树。后来，他又使出祖传的嫁接手艺，于是左邻右舍和附近的村子里，到处都有了他这棵苹果树的子孙。托送子娘娘的福荫，那满树春天的白花，秋天的红果，把拐叔苍白的寂寞染得有了一些颜色。后来，等到苹果树不怎么结果子的时候，拐叔长出一把胡子来。

稀里呼噜的声音里有人又改了话题：

"这棵苹果树有股子怪劲儿，它就是今年才一颗果子也不结的，它好像知道拐叔今年就要死。"

"也不一定，没准还是拐叔见它不结果子了，才定了死心。"

"可不是，一辈子就做务了这一棵树，树不结果子了他还有啥惦记？"

"拐叔的死心是早就定了的，你没见麦收分的这一斗麦子磨成面他一口没动，他是专意留给这一天的。"

"是哩，拐叔心善。"

"不心善没有咱们这一顿白面条吃。"

队长又把勺子丁丁当当敲起来：

"快些，吃过三碗的等等，先叫两碗的加过这一回！"

喊声未落，已有六七条汉子围在热气腾腾的锅前，把各自的海碗落地有声地蹾到锅台上，而后，目不转睛地盯着那翻腾的锅口。有人快意地咒骂着：

"家日的呢，从正月到这会儿再没沾过个腥气儿！"

众人会心地哄笑起来——大家都一样，都是从正月熬到现在，有半年不沾荤腥了，连肠子也叫窝窝刮薄了。本来队里出面给拐叔送葬是件公差，用不着这许多人，可队长还是把全村的男劳力都使派上了，有这一顿饭，有队里杀的这一只羊，当然就要人人有份。笑过了，有人打趣：

"拐叔是善人，死了还给大伙弄来这么一顿好饭食，真比这庙里的娘娘还心善！"

众人又笑，笑过，又说：

"可不是，赶明儿等你死了，还怕吃不吃得上这么顿羊肉面哩！"

"吃上也不一样——那是自己的,这可是公家的!"

于是,庙屋里再次哄起一阵男人们低沉有力的笑声。屋外的阳光白白的,院里的棺材白白的,肮脏的碗边上露出来的牙齿也是白白的。

队长把铁勺一抡止住了笑声:

"行啦,你们不用拿死人磨牙了,快吃,吃完了还得给拐叔掏坟呢。我们队上研究了研究,就在十五亩地头上掏吧。拐叔活着那会儿,锄地锄到十五亩就说等死了就想埋在这儿。要说呢,埋在那儿有个政治影响——土改前十五亩原本是他家的地。嗐,人都死毬啦,影响不影响也扯淡。说起来那地也不是他的,是他哥的。这人也是不划算,没有享上富农的福,净是受了富农的苦。行啦,不说了,人一死都是扯淡!"

庙屋里忽然一阵出奇地安静,男子汉们都静穆地倾听着队长这一段难得的"政治"演说。那些本来人人皆知的事情,那些熟知到了不愿理会、久远到了几乎忘却的事情,在这一刻,似乎突然有了一些从未想到的含义,似乎有个什么东西深深地刺到心里,把一个麻木了的地方撩拨得疼痛起来。其实在很早以前,他们中的大多数人,原也都有过一块或大或小的属于自己的土地。有人叹起气来:

"这拐叔……"

"成天笑笑呵呵的人,心里倒窝着这么一块病。"

"哎,死了就是了了,都是扯淡。"

队长又把勺子挥起来：

"行啦，行啦，干部们说说就算啦，你们群众说多了又是政治影响！"一面说着又掏出一包烟来，"来吧，吃完饭一人抽一根。"

烟是"绿叶"牌的，一毛四分钱一包，这一份开销也是公家的，所以，会抽的不会抽的都有抽一根的权利。一股沉闷随着烟们在庙屋里弥漫开来……队长忽又想起了两位客人，忙又招呼：

"工钱就按咱说好的折价成一斗半麦子，你找保管到库里领上，口袋库里就有，用完了记着还回来。"

木匠师傅点头应承："行呀，没有现钱就麦子吧。"一面又盼咐徒弟，"你领去吧。我送送这老拐子，我院里那两棵苹果树还是他给接的呢。"

队长笑笑："行，做了棺材再埋人，送人送到底了！"

说着再一次把勺子挥起来：

"来吧，都把空碗递过来，剩下这点菜每人分一点，拿回去叫娃们也尝上些。"

人们又都拥到铁锅前，再一次把大海碗蹾到灶台上，而后在灶前立定，抽着烟耐心地等着这最后一次分配。等到每个人都把自己的饭碗端起来的时候，队长正色道：

"今天的晌不能歇长了，后晌我不再叫了，谁要吃了羊肉面再耍奸滑，扣分儿！"

男人们并不回话,一律嘻嘻着露出些白牙。

半人高七尺深的一个洞,就着山坡掏进去,并不费多少工。十几个男人轮番上阵,抽了五盒"绿叶",日沉西山的时分总算完工了。拐叔身后一无孝子、二无家人,队里只能尽责任,却不能尽了礼数和情分。没人抬棺,没人摔盆,没人举幡,无亲无后也就没有人灵前跪拜,没有人抚棺大哭。那白得刺眼的棺材,就那么被几个汉子白得刺眼地抬到驴车上,无声无息地拉到掏好了的坟洞前。每个人都格外分明地感到这无声无息的压抑,有人阴冷地打起趣来:

"家日的呢,棺材里头的人没声音,棺材外头的人也没声音。到底是谁死了?"

没人应对,这笑话说得太瘆人。

昏暗的山影中,只有队长那和平常一样威严、一样有派头的指挥,为这生和死划出一道熟悉而分明的界线。

棺材周围撒了五谷,棺材头上摆了几枚硬币,棺材前边燃起三炷线香,点着了一盏添了麻籽油的小小的长明灯。而后,碎石一块一块地把坟口封了起来,留下拳头大小的一个洞。队长拎起早就准备好的一只红公鸡,把鸡头塞进洞里,一面又对着鸡屁股拍了两掌,那公鸡便急躁而慌乱地对着另一个世界嘶叫几声。随即,拍鸡人严肃而又认真地问一声:"掏墓的人出来了么?"众人也是严肃而又认真地答一句:"出来了!"而后,才把这唯一的孔穴堵死。再而后，用三块石板搭一个低矮的石案，在坟前烧掉几张黄纸。

一切该做的都做了。

拐叔终于最后离开了这个世界，又在那个世界被布置停当。

有一刻，大家都愣住了，定定地瞧着那被自己隔开，似乎也是被自己建造的另一个世界，不由得升出些茫然和陌生来。

队长搓搓手，习惯地说了一句：

"收工吧！"

愣着的人们这才忽然省悟了似的扭动起来。暮色中，人们的面目愈见模糊，隔得远些，便只剩下憧憧的影子。人群中有人提起了话头：

"拐叔走得利索。"

"可不，一根麻绳一吊，甚也撒开了。"

"搁着我，也这么干。"

"就是哩，一个人孤孤的有啥熬头。"

不知是谁在说，也不知是谁在答。

这从山坡上走下来的一群，正在被愈来愈重的暮色一点一点地侵吞着。

1987 年 1 月 28 日寒夜

同　行

"就一回，能行么？"

"行你娘的脚！"

"一下下倒把事办啦，谁也眊不着。"

"呸！你死呀！"

伸过去拽衣服的手被狠狠地打脱了，只好缩回到脸上去抹那些冰凉的唾沫。一面抹一面又赔出笑脸来，可一笑，却笑出满口的黑牙，全村的女人们最瞧不上的就是这些黑牙。忙忙的用嘴唇去遮盖，没等盖住已经有话刺过来：

"瞧那牙吧，寒碜死人！"

这一句，比骂比打都有效，他那男人的热情和自信顿时被全部扫荡干净，猥琐、自卑地垂下头去。

林子里很暗，很静。脚下的这条小路铺满陈年的枯叶，每一步都会踩出些疲劳的叹息。浓密的枝叶编织出来的林海在头顶上深不可测地蔓延开去,偶或有一两只飞鸟游鱼似的飘忽而逝。从现在开始一直到东坡村十五里山路,都是这种恶实实的林子,老以前,常常是土匪们做手脚的去处。也许正是因为想起了这些剽悍的男人,他才终于鼓起了勇气的。现在他什么气也没有了,清清楚楚地想起了自己的职责,肩头上女人的包袱忽然就沉重了许多。女人是离了婚改嫁到东坡去的,新婆婆看不上眼,受不了婆婆的虐待,竟独自跑了回来。今天,临走前她爸爸给他塞过一盒"绿叶"烟来:

"我说,你不是要去东坡看你姐?干脆和她厮跟上吧!"

他接过烟,知道这姐姐是非去看看不可了——一盒"绿叶"要一毛四分洋哩!等到做爹妈的骂过了,做女儿的哭过了,两人便相跟上了路。上路前他存了一个侥幸的野心:

"家日的呢,两个男人都用过了,我也……"

现在,当野心和曾经装了野心的自己都被打得四分五裂的时候,他除了六神无主而外,想不出别的办法来应付这局面,只是觉得有点委屈:

"牙黑就咋了?牙黑也是男人……"

女人把垂头丧气的男人撇在身后,径自朝前走了。四下里一阵沉闷,只有脚下枯叶的叹息在前后呼应,一时间树林中的幽暗浓重压人。有汗珠从男人的鬓角里挤出来。

树林的外面,夏末的太阳像一只巨大的熨斗,把敞亮的天空烫得又平又蓝。忽然间,眼前一亮,岛屿似的有一处坍塌了的旧宅从幽暗中梦境般地冒了出来。据说,土匪们曾在这旧宅里支着锅吃过人。女人停下脚来,等着男人跟上来壮胆,等来人,却看见那满头满脸的汗,于是指指身边的一块石头:

"歇歇吧。"

女人先坐下,男人犹豫了一下也坐下。即刻,一股女人的气息钻到鼻孔里来。侧着的脸是粉红的,侧着的肩头是圆圆的,奶子挺得胀鼓鼓的,那四分五裂的野心忽又聚在一处膨胀了起来,呼吸也跟着粗重了许多,女人厉声道:

"你放规矩些!"

"……我是说这叶子厚得比褥子还软哩……"

"胡呲!"

"两个男人都用过了,你还怕啥哩……"

"呸!"

又是些冰凉的唾沫,那野心又四分五裂到爪哇国去了。

"你再胡缠我就回村啦!"

嘴在说,身子却不动,有眼泪大颗大颗地滴下来,男人慌了:

"我又没动,我又没动……"

女人只管哭,她现在是两处都去不得,两头都是水火坑。

"你个狼不吃狗不咬的畜生……"

"是畜生!是畜生!"

"你个丧良心货……"

"是哩,没良心!"

"你就不是人……"

"不是人!……呀呀,快不用哭啦,招呼叫人家过路的看着!"

"看就看,自己哭自己怕谁看……"

密匝匝的墨绿围着旧宅,深井似的在头顶上镶出一片荡荡的蓝天来,女人的哭声和男人慌乱笨拙的道歉搅在一起,朝那蓝天悠悠地升上去。远处有些鸟在叫,近处有只被惊动的野鸡从灌木丛里窜出来,扑噜噜地拖出一道长长的彩锦。

既是自己哭自己,就得自己出来收场。果然,这女人哭过一阵,便又不动声色地站起来独自走了。男人忙不迭地把抽剩了半截的"绿叶"烟夹到耳朵上跟过去。两个人默默无语,一前一后,除了踏碎枯叶的声响之外,再无半点别的声息。四下里又是一阵更浓重的沉闷和昏暗,就仿佛潜行在一个冥冥的深渊中。为了表示自己的悔过和歉意,男人走得十分卖力,他甚至希望这片梢林再大些,再恶实些,到东坡的路再长些,那样,他就可以更多地赎回自己的野心,把自己的悔过和歉意表白得更清楚些。可十五里的山路到底并不太长,等到他那被汗水湿透了的衫子凉下来的时候,远远地看见了一片参差的村落。眯起眼睛认了一阵,他认出姐姐家的那三孔灰黑色的砖窑。窑顶的烟囱上正有些青烟袅袅地升起来——还好,没有误了饭时。想到又可以在姐姐家吃上一顿可口的饭,他衷心地欢畅起来。

爹妈死后,他和姐姐相依为命。姐姐出嫁到东坡那一年,他常常独自一人穿过林子跑去看姐姐,有时为想她,有时只是为了一顿饭。姐弟相见总不免抱头哭一场。那时候,人小胆小,走到幽暗处便兀自吆喝起来壮胆,十五里路喊下去,常常就扯哑了喉咙。后来,时间一长也就淡漠了。再后来,等到姐姐把孩子接二连三地生下来,姐弟俩便常常经年也不见面了,那十五里的山路竟叫人觉得遥远起来。

姐姐到底还是姐姐,看见弟弟来了,又在和面盆子里实实地加了两碗面。只是等到把掺了榆皮面的擦疙瘩杵到脸前时,却又戳着鼻子骂起来:

"你不能咋,号里的驴也不能比你再傻了。一盒'绿叶'烟就支使得你跑三十多里路?误一天工分多少钱?吃这一顿饭多少钱?说你不够成就是个不够成,照这样,你一万辈儿也不用想娶媳妇,咱刘家前生前世造下啥孽啦……"

他闷着头,一碗又一碗地把听见的和端着的一古脑吞下去,自己当然不是为了那一盒"绿叶"烟才来的。到底为什么?却又说不出口来。实在听得烦躁就应了一句:

"咋,想你么,就不许看看!"

"一不死,二不病,想的我要咋?啥会儿你成家立业,栽根立后啦,姐姐咽气也是痛快的!"

他有些耐不住了:"不就是吃了一顿饭么,我给你钱儿!"

一句话戳到心窝上,姐姐捶胸顿足地号起来。他摔下碗走了,相依为命多少年,姐弟俩第一次翻了脸。

气哼哼地走出村,他在村外的河滩边上拣了一处树荫坐下,刚刚晒过的石头热气还没有散完,片刻工夫,屁股下边已是温温地发烫了。他掏出"绿叶"烟来,却又想起姐姐的数骂,细细想起来,自己虽有几分受了"绿叶"烟的支使,可比吃饭、比抽烟都要紧得多的是那件说不出口的心思。如今不但遭了姐姐的数骂,最重要的是那心思白白地心思了一场。倒霉!晦气!想起来全是碍了这一盒"绿叶"烟的面子,不知怎么心里陡然升起对这一盒烟的仇恨来,狠狠地把烟盒撕了一把:

"家日的,都抽了你个龟孙!"

等到抽出一枝来,忽又想起耳朵上还夹着半截,只好又恼悻悻地把抽出来的烟卷塞了回去,点着了耳朵上那半截烟。一面吸,一面又恋恋地朝村里望。他觉得姐姐或是姐姐的哪一个娃娃肯定会从村边的那个路口上追出来。他希望他们追出来。那样,他再走心里要好受些。而且,他还可以把坐在树荫里反复想好的几句话摔给他们:

"咋,穷就穷,光棍就光棍,不够成就不够成,窝囊就窝囊,反正就是这一堆啦!反正也不用你养活,反正爹妈也是不在啦!"

他知道,说了这话,姐姐一定会哭。等她哭了,自己再哭，然后就走。男子汉不能受女人家的气！他还知道，过不了几天，姐姐就会蒸上馍来看他！

可是，凭他在河滩上想得天花乱坠，却不见半个人影走出来。他那些男人的志气终于熬光了，只剩下越来越多的委屈和孤独把鼻子搅得酸酸的。他想哭。

头顶上，被蓝天禁锢了一天的太阳仿佛难产一样，终于血淋淋地从蓝色中挣脱出来，跌落在西山顶上。接着，报复似的，放起漫天大火。山谷里骤然暗了许多。

终于，村边的路口上有人奔了过来，而且是照直朝自己奔过来的。等他认清来人后不由得激动起来，隔了老远便喊：

"咋，你又回来啦？"

来人并不答话，只是匆匆地朝这赶，走到近前，他叫起来：

"狗日的，他们凭啥打人？看你脸上这血！狗日的，他东坡凭啥打我村里的人？找他说理去！"

一面跳骂着，竟弓腰在河滩里抓起一块石头来。女人上前死死拽住他的一条胳膊：

"走吧，咱还是厮跟上回吧，我不去那个家了，死了也不去……"

"包袱呢？不能白白把包袱便宜了他，我给你要去！"

"走吧，走吧……"

"不行，不能便宜了他！"

"我求求你啦!……"

女人忽然号啕起来。他被吓住了,呆呆地盯着那张涂满血泪的脸,把自己的志气和委屈忘得干干净净。

走过河滩,爬上山梁,一同来的两个人,又一同淹没在那恶实实的林子里去了。所不同的是,来的时候多一个包袱,走的时候多了些伤痕和眼泪。这一次,他再也没有什么野心了,他知道这些眼泪是为另外两个男人和这个女人自己而流的。这中间没有他一星半点的份儿,他最多也只是凑巧看见些别人的事情。这种事情,做梦也轮不上自己,哪怕为这种事情哭一场的机会自己也不曾有过一次。女人一路都在抽抽搭搭地哭,他只好闷头跟在后边。两个身影匆匆在黑魆魆的林间闪过,真就好像是一个黑牙小鬼捉拿了什么冤魂去生死簿上销账。

天完全黑下来的时候,他们返回到自己的村子外边。村口的老杨树怪物似的,黑森森地从半空里狰狞地扑下来。女人冷丁停下来不走了,他绊了一下,笨笨地跌撞在女人身上:

"咋啦?"

"我不回了……"

"不回了?"

"熬煎死人啦,真不如死了强……"

他这才明白过来,于是上前拉住一只女人的胳膊:

"不怕,有我哩,我给你说情!"

这一次女人没有打他,反而扑上来哭在了怀里:

"熬煎死人啦,真熬煎死人啦……"

那些白天被他馋馋地看在眼里的肩膀和胸脯,现在都在身上碰撞着,早就熄灭了的野心又干柴遇火似的烧了起来。他把一只手悄悄地按在奶子上抓了一把,马上又遭火烫了一般放开了,一心等着会有唾沫再喷到脸上来。等了一会儿,并不见唾,女人只是呜呜地哭,孤苦无助的悲哀压垮了她。不知是自己真的有了勇气,还是女人的可怜给了他勇气,他竟然脱口喊出一句:

"不怕,他们都不要你,我要,我不怕!"

黑暗中竟觉得自己高大起来。女人什么也没听见,只管期期艾艾地痛放悲声。他又十分昂扬地加了一句:

"家日的呢,我要,我不怕!"

天很黑,黑得什么也看不见。阳光下面的那个大千世界,现在没有了,一切都变成这单一的黑色。

送家亲

浑身抖索了一下，慌慌的，她把被烫得很疼的那根指头吮到嘴上。三爷说这二十九个灯捻非得要一个火种一口气点燃。刚才那根草棍儿尽管烧了手，可到底还是把最后一个灯捻点着了。灯碗也是照三爷的吩咐，用山药窖里最大的一个山药蛋掏空了做成的。现在二十九个灯头纷乱地在灶口前燃烧着，竟使这一向昏暗的石窑里显出一点炫人的辉煌。本来就是一团乱麻的心被这二十九个灯头搅得更乱了，仿佛满腹心事都被支在了灯头上燎烤，她索性闭了眼，任那愁绪在火苗上焚做青烟……二女儿又在婆婆的怀里哭起来，婆婆费心地哄劝着，三番五次哄不住，老人索性撩起衣襟来，把早已干瘪了多少年的奶头塞到孩子嘴里，一缕灰白的头发散到脸上也顾不得拢，只顾"噢——噢"地摇晃孙女。眼泪猛然就涌了出来，她掩饰地转过身去。她看透了，身后边的这个人就是将来的自己。早晚也有这么一天,奶子也会像个皱巴巴的口袋吊下来,头发也会又灰又白,手指头也会总是蜷曲着再也展不开,也会像一截老树根似地盘在炕上发呆……睫毛上的泪珠把视线弄得模糊了,二十九个灯头围成的光环幻化成无数绚丽的光环,搅得心里更乱了,这一辈子还没这么乱过。她再一次地闭上眼,把泪珠和光环们沉重地从睫毛上推了下去。

凭直觉,婆婆知道媳妇准又是在哭:

"呀呀,针尖儿大个事儿,看值得么?"

她长长地抽一口气,把哭声堵在心里。

"灯都点着了,还不快些唤你三爷去,唤来咱好做。"

她犹豫了一下,可还是鼓着勇气说出来:

"妈,咱不做了吧?……"

"咋不做哩?快些儿快些儿!"

她顺从地站起来走到外间,打开屋门时又提醒婆婆:

"妈,灶台上还有半碗糖水水,小女子哭就喂喂她。"

关上门以后她没有马上就走,就那么软软地靠在门框上。现在她不用闭眼也是一团漆黑,篱笆墙的瓜蔓上有只萤火虫在爬,忽明忽暗的微弱的萤光把夜色弄得神秘起来。她觉得自己有点像那只萤火虫,说不定什么时候就灭了,就会在这没边没沿的黑地里灭得无影无踪。石窑里又传出来二女儿的哭声,她忽然忘记了自己的任务,不由自主地又提醒:

"妈,喂小女子些甜水水吧!"

"咋？你还没走？"

婆婆的声音分明焦躁起来。随即，漆黑的街巷里响起一阵惶恐的脚步声。

三爷把装满谷子的升子放到灶台上的时候，婆婆满脸歉意地探过身：

"看麻烦的，求你给送家亲，还得用你的谷子。"一面又埋怨媳妇，"沉沉的，咋你不帮三爷拿上？"

三爷从容地拍打着前襟："我预备下省得大家麻烦。"

说着从怀里取出一把筷子长短的谷草秆，和许多剪得极精致的花花绿绿的彩纸。两个女人顿时都缄了口，恭恭敬敬地看这些纸，看了一会儿，婆婆有几分忐忑地试探：

"用我们娘母搭个手么？"

"使不上女人。"

三爷的话很短，也很有些威严。女人们越发地不敢出声，定定地瞅着眼前的这个男人笨拙迟缓的动作：

灯碗的后边放了谷升，剪裁的彩纸条展开来夹在谷草秆上，插进谷子里。五杆红的，十二杆黄的，一杆黑的，一杆蓝的，依次排开簇拥着一块用黄纸裱糊的灵神牌位；再插上五炷香，再摆上三盅酒；做完这些，又展开白纸剪成的八个手拉手的小人，放一张黄纸写好的祖先亡人的牌位（即谓家亲），用一碗谷，一盏灯，一盅酒，两炷香，摆到水缸下面；最后抽出

三根线香捏在手中,把线香伸到灯头上的时候问了一句:

"送了家亲就问腰腿疼?"

二十九个灯头烧得很亮,墙壁上,三爷的身影又怪又大,瓮声瓮气的问话活像是这大影子说出来的。婆婆仓促地应对着:

"除了腰腿疼,还有家里尽出些日怪事情。"

听到这她抖索了一下,朝婆婆看过去,发现婆婆也正在朝自己看。她们都明白,请三爷来送家亲,送一送这些到宅里来做怪的祖上的亡灵,不是为的婆婆的腰腿疼,而是为了婆婆说的这个"日怪事情",是为了自己。想到这,心里便生出许多对婆婆的感动,这感动,把眼前的光环又搅做缤纷的一片。

三爷长长地"唔——"了一声,并不问"日怪事情"的根由,把线香对到火苗上,烧出一股甜腻腻的香味儿来。点了这炉香三爷就靠在炕沿上抽闷烟,不说话,半闭着的小眼睛埋在满脸的皱纹里,灯头们又把他的怪影子大大地投到墙上。婆婆找些旗旗剪得好,人人剪得巧的话题来讨三爷的高兴。三爷并不回话,只是长长地"唔"了一两回。香过三炉,三爷对着灶台上那些代表天地众神的彩旗和牌位三叩三拜,口中念唱起来:

千扬神,万扬神,
神里难,难里神,

扬起山西蒲县城，
村岗路扬南砣村，
高名上姓吴门宗，
为盘头夫人老阴人，
身带龙凤军情，
也不知道是寒火虚实，
也不知道是神君觉惊，
阳世三劫草帽子人，
不知道天高地厚，
这无法可治了，
请得这杨门小小马童，
剪上五杆高旗十二杆黄旗，
在九龙口里献起大小神君。

唱罢，三爷又把一条长方的黄纸点燃，不叫它着地，两只厚茧遍布的大手倒换着托起那团火舌，火光闪处，三爷的脸上竟满是刚毅和肃穆。在那双男人的手掌中，火舌们终于缩成几片又黑又薄的纸灰飘落下来。跟着，三爷又点起一炉香，又有些甜腻腻的味道飘出来。

"这是迷信！"

她在心里告诫自己。十年前在公社中学念书的时候，学校的陈校长就给同学说过跳神送鬼的事全是假的，是迷信。可越是这样告诫,眼前的这个场面就越缠人。三爷为什么要说这一句呢?为啥要说"这无法可治了"?他怎么就知道没法子了呢?这件事也许还有办法呢,没有办法了请你来送家亲是干啥呢?真要是"无法可治了",家里这四个女人往后交代给谁呢?越这么想,她在那"无法可治了"的念头里陷得越深。土炕上,两个女儿都已睡着了,婆婆歪斜在墙上也熬撑不住了,强睁的眼睛里除了极度的疲倦之外,再看不到任何其他的东西。一股骤然而起的悲苦和凄凉,从这横躺竖卧的人堆里席卷而来,她几乎放声大哭起来,但又怕吓坏了孩子,又怕婆婆埋怨,只好拼命压住,压进心里的哭声逼得她周身一阵颤栗,呻吟似的,她又长长地抽进一口冷气。

"泼香菜吧!"

不知不觉中三爷已经又做了几道什么仪式,正端着一碗冷水,把一根香折碎到水里。她惊惶地看一眼婆婆,转身到外间屋捏来两撮生米生面放进碗里。三爷把水当屋泼在地下,又念:

"各回各家中,各回各坟茔。"

念罢端起家亲牌位和那五杆挂了红纸的旗子走出屋门,一面走,一面又吩咐:

"撒灰。"

她赶忙从灶底的炉窝里掏一把柴灰,沿门槛齐齐撒下一道灰线,嘴里也学着三爷的样重复一遍:

"各回各家中,各回各坟茔。"

人还没进屋,婆婆已经在里间又催促起来:

"快拾掇菜吧,你三爷去十字儿上送了家亲说话就回来!"

其实,三爷的酒菜早就准备停当了放在案板上,尖尖的一碗山药丝,满满一碗鸡蛋,再加一瓶高粱白酒和做酬劳之用的三升麦子。一眨眼,就在刚才被三爷称做九龙口祭神的地方,火光又闪了起来,山药丝炒熟了,鸡蛋也炒熟了,酒在细瓷壶里烫温了。两个女人尽心尽意地上下伺候,劝酒劝菜。可三爷只喝酒不碰菜,喝得脸慢慢红起来便推了杯子,提起那条装了麦子的口袋,掂一掂,又放下:

"算了吧,留着给娃吃些吧!"

女人们一阵骚动,一阵由衷的感激涕零。

三爷并不理会女人们的感激,把窑洞上下周遭打量一番,叹一口气:

"哎——,一家子全是女人,宅里阴气太重,往后怕是还要有事情。"

"他三爷,有啥法能解救么?"

"难说。"

说完,三爷撇下两个呆愣愣的女人,径自走进黑洞洞的街巷里,拖沓、拖沓的脚步声传了老远。

刷锅,洗碗,铺被,吹灯。两个女人照往日那样做着些琐碎的事情,也间或提起些琐碎的话头,可她们再也没能从三爷那个可怕的预言中挣脱出来。她又想起三爷刚才唱的那一句"这无法可治了",心又痛楚地揪成一团,事情闹到这一步还有什么办法可治呢?还有什么办法可解救呢?三爷还提啥往后,眼下这一关就把人熬煎死了……她就那么一动不动地直直地躺在黑暗中,两眼也是直直地瞪着,太黑,黑得什么也看不见。黑暗之中,脑子里那些杂乱的念头转得特别快,这疯狂的旋转把脑子里弄得也是黑洞洞的一片……耳朵边上传来微微的鼻息,她能分辨出哪是大女儿哪是二女儿。头顶上飘忽而过的凉风,是从破了的窗户洞里吹进来的,她糊好过,又被小女儿捅破了。屋里头弥漫着的这些汗味,鞋味,和炒菜炝锅味,也是大家弄出来的。面笸箩里窸窸窣窣的响声又是那只小老鼠在偷食呢,有一回,她笑着把一只鞋扔过去,吓得小东西打着滚吱吱乱叫……可她弄不明白,怎么会就这样在这个温暖熟悉的家里,突然落到这样一种陌生和孤独的绝望中来了,而且还是"无法可治了"。真的是无法可治了,她从一开始就想透了,不管是哭,是气,不管是求神还是拜佛,都救不了自己,自己也救不了自己,自己没有任何办法可以阻挡这事情的发展。可是,她又可怜婆婆,她不忍心现在就当面给婆婆戳破。好像,更不忍心自己给自己戳破,她想不出戳破了以后该做些什么。那只小老鼠大概吃得高兴了,大概是又招来一个伙伴,面笸箩里竟有些繁忙热闹起来。不知不觉中,她忽然看见了模模糊糊的窑顶,剥落了的墙皮后边牙齿似的,露着些乌黑的石头。她猛地想起自己没有听到鸡叫,鸡们不会不叫的,可为什么自己竟一丝一毫的察觉也没有呢?她有几分惊讶地侧过身去,却又更惊讶地发现婆婆也没有睡,窗纸上透过来的朦胧的晨光,照出婆婆两只直瞪瞪的眼睛。她惊恐地叫了一声:

"妈……你没睡?"

"咋能睡哩……"

一语未了,老泪纵横。

"那个黑心的畜生,他咋就能想起离婚呢?这多年他在外边工作都不离,为啥现在偏偏要离呢?咱娘母哪点对不住他?……"

除了眼泪,她只有一个字:

"妈……"

"我做下啥孽啦,生下这个畜生,半道上撇下娘母四个是活是死呀……是妈害了你呀……我不跟他过,我饿死也不跟这畜生!"

"妈……招呼吓着娃些……"

"是我害的你,是我害的你……"

"妈……不怕,离了婚我也是咱吴家的人,我哪儿也不走,地还是咱娘母俩种,我给你养老送终……"

"我怕是活不过这一回啦……"

"妈……你心里要是还过不去,咱再请东川的王先生来做一回吧?"

"我是活不过这一回啦……"

"妈……"

一声洪亮高昂的鸡鸣从院子里传过来,这一次,她听清了,而且听出来是自己家的那只大红公鸡。天已大亮。只是眼里的泪水把窗纸弄得十分模糊。

1987 年 6 月于太原

驮炭

视线里塞满了又肥又圆的屁股。

驴们正在上坡,坡很陡,路很窄,两边夹紧了浓密的灌木丛,于是,视角上仰的眼睛里就只能看见这些又肥又圆的屁股,上下左右地晃,黑亮黑亮地闪,紧绷绷地充满了力气。在这四个庞大的屁股上边还有一个屁股,也是紧绷绷的,裹在一条打了补丁的黑裤子里。裤子是黑的补丁却是绿的,粗针大脚缝上去,活像两只绿眼傻瞪瞪地往后瞧着,瞧得他直想笑。两只绿眼的上边晃着一根充鞭子用的树枝,晃着晃着就晃出一句唱词儿来:

说西庄道西庄,
西庄里有位好姑娘……

可惜，只有这一句，唱完了就干干地停下来接着闷头走路。他只好继续和那两只绿眼对视，耐心地等着下文。等了一阵，果然又唱起来，可还是刚才那又干又硬的一句。他忍不住催促："嘿，接着唱呀！"

唱歌的人带着几分歉意笑起来：

"嘿嘿，不会啦……"

"不会这个，唱别的。"

"嘿嘿，除过这一句，啥也没学下……"

真扫兴！他把仰着的脸低下一点来，那些又肥又圆的屁股们又满当当地塞到眼睛里。山路上一阵沉闷。

像是为了补偿，在前边领牲口的人倡议道：

"你这北京娃给咱唱个北京的新式儿歌吧？"

"我不唱！"

"咋？"

"北京的新式儿歌都是直着脖子嚎，听那还不如听咱的叫驴。"

领牲口的叽叽嘎嘎笑起来：

"哈，灰娃，说话咬人得多哩……"

笑够了，又提议："哎，你们北京娃不是还会唱外国的洋歌儿，唱个外国的叫咱开开眼。"

邀请很真诚，也很急切。这一次，他没有推辞：

> 茫茫大草原，路途多遥远。
> 有位马车夫，将死在草原。
> 车夫挣扎起，拜托同路人：
> 请你埋葬我，不必记仇恨。
> ……

歌挺长，歌词挺多，他唱得很认真，也很动情。他觉得自己有点像那个"马车夫"。唱完了，嘴里很干渴，耳朵却在等着听众的评价，走了十几步也不见动静，冷丁传来一句："马车夫就是赶车的？"

"嗯。"

"要是这，他跟咱也差毬不多，都是伺候牲口的。"

"嗯……"

这一次的回答很勉强。心想："差得太多啦！"一面又急着催：

"这歌好听吧！"

"寡淡。"

"为啥？"

"说就说，唱就唱，你这又像说又像唱的一个调调还不胜蒲剧顺耳哩！"

他苦笑笑，没再搭腔。队伍里一头黑驴"啊——儿，啊——儿"地叫起来，声音粗野洪亮，震耳欲聋。叫完了，喷

个响鼻甩甩头,长长的耳朵有力地拍打出劈劈啪啪的声音。领牲口的人叫起好来:

"家日的黑驴,叫得美!"

刚才的苦笑又浮了上来,他解嘲道:

"我早就说了,还不如听咱的叫驴。"

领牲口的人再一次开心地大笑起来。

他没笑,笑不出来。忽然觉得山里的白昼竟是这样的悠长,淡得发白的天上空荡荡地悬了一颗孤单的太阳。去驮炭的那个煤窑离村子二十五里路呢,真是太远,太长。两人都闭了嘴,只有杂沓的蹄声或深或浅地踩到沉闷中来。

同行的伙伴耐不住寂寞,走了不远,绿眼睛上的那根树枝又兴致勃勃地晃起来:

"你那相好的攀上高枝儿不要你啦?"

这一炮轰得太突然!刚才还是一片空白的脑袋里顿时一团大乱。他想不到别人会当面问这个自己最忌讳、最隐秘的问题,一时间支支吾吾地对答不上。

"哎,睡过她几回?"

说着,不安分的伙伴兴冲冲地转回身,一张颜色深得与黑裤子相近的脸上灿然放着光彩,头一摆,又旋即转了回去。

这一次的轰炸更是十倍地猛烈。他满面通红地喊:"你胡说什么!什么睡不睡的!"

绿眼睛上的树枝晃得俏皮而又自信:

"嗨——呀，嘴硬。你不睡她，相好个啥？"

"你根本不懂什么叫谈恋爱！……"

"嗨——呀，寡淡。不睡她，干干的有啥爱头？天底下男人女人还不是一个样！"

坚定不移的自信和坦率裹着浓烈的马骚味儿从头顶上弥漫下来。尽管他十分的不情愿，尽管他觉得是如此的驴唇不对马嘴，可他又毫无办法去阻挡这赤裸裸的侵入。

"女人家眼窝子浅，刚有了工作倒把你蹬了。她狗日就没看出你是公子落难，等啥时候咱翻过身来，她骚货跪到门跟前求都求不上！我说这话你信么？"

也许是马骚味儿太呛人了，他顿然停下脚步来，和驮炭的队伍拉开了距离，于是，有许多空旷涌到这距离中来。山谷里，一只布谷在唱，像一个成熟了的女人，从容而又沉静。

不知不觉的，领头的人在山顶上喊叫：

"快些！我带你去个解渴的好地方！"

他奋力蹬上去，果然，山脚下几间村舍，正把淡蓝色的寂静缓缓地喷吐出来。

走下山坡，来到一座旧石屋门前，领牲口的伙伴高呼一声：

"来啦！"

门帘一挑，闪出一位健壮的农妇来，窄窄的门框顿时显出了局促。农妇冲着来人脱口便骂：

"就知道是你个龟孙!"

"哈哈,咋就知道?敢是想我了吧!"说着,手伸过去在女人肥硕的屁股上拍了一把。

"骚胡!放尊重些!"

"等你转生投胎做了娘娘,我天天烧香尊重你!"

"我要当了娘娘,就让你投胎做个叫驴!"

两个人你来我往地肆意笑骂。他不由得停下来,左右看看,索性在门前的大柳树下坐下来。一转眼,伙伴端了两只粗瓷海碗走出来,杵给他一碗,抿了一口,甜的。伙伴朝他挤挤眼:"咋样?"他不答,只笑笑。端水的人撇下他又闪进屋去,仿佛黄鼠狼进了鸡窝似的,即刻又搅出许多嘻嘻哈哈的笑骂来。他一面听,一面细细地品尝碗里的甜味,和混在甜味里的那股淡淡的蒸锅味儿。等到伙伴笑够了出来招呼上路的时候,他起身将半碗糖水款款放到窗台上。

走出村子,伙伴又把树枝摇了起来:

"你说咋样?"

"什么咋样?"

"这女人咋样?"

他仔细想了想:

"挺胖。"

"哈哈,狗日的那一身肉就是爱见人哩!"

一面说笑又兀自催促道:"快些,快些,不磨嘴了,人家等着要炭呢!"

山谷中迎面吹来些风,风里裹着一股煤炭燃烧的气味。

在煤场上,两人仔细地挑出些均匀的煤块,把所有的驮筐装满过了秤之后,领头的伙伴变魔术似的又从鞍子下边抽出一条毛裢来,笑嘻嘻地搬来枕头大小的两块煤装进毛裢里,一前一后朝肩头上一搭:

"这是窑上的规矩——饶头儿!"

"有驴呢,干吗还用人背?"

"驴驮回去是队里的,人背回去是自己的。咋,你不背点?"

他摇摇头,朝这遍地是煤的河滩打量着:河谷对岸是十几座烧土焦炭的煤池,每座煤池上都有十几个火口在呼呼地响着,把蓝色的火焰白白地吐向空中。再看看伙伴的那两块煤,不由得有点心疼那些火焰。

加了分量自然不如来时那么悠闲,分量压得人和驴的脚步都快起来。不一刻,人和驴都淌下些汗来,只有他轻松得不自在。很快,又到了刚才的村子,又到了刚才那旧石屋门前,但并没有停步的意思。背着煤的伙伴朝他挤挤眼,又摆摆手,他只好跟着走,走过小河,走进山根下的一片杨树林,人马才停下来。他满心狐疑地望着那背煤的人把一块煤倒在地下,又将毛裢提在手上:

"你等等,我去给她送炭。"

他猜出八九分，便笑。说话的人也笑。一闪身消失在树林外边，急如星火的脚步响箭似的消失在远处。头顶上繁茂的树叶顿时喧闹了许多。他索性拣了一块草地躺下去，把眼睛闭起来……最后分手的那一夜，他和她确实是睡在一张床上的，就那么死死地搂着，她哭了一夜，他劝了一夜，他完全可以照说的那样"睡她"，可最终还是没有，就那样分手了。分手的时候她和他都想不到是现在的结局……他有一点暗暗地惊讶，两个人几年的情感，在这闭起眼睛的昏暗中似乎只需要短短的一瞬便可滑过。于是，他固执地挽留着这眼皮后边的昏暗。只有树叶沙沙的响声能传到这昏暗的深处……

不知过了多久，响箭似的脚步又奔了回来，见了面不说话，只对他涎着脸嘿嘿地笑，笑完了，熟练地抱起地上的煤块，看看纹路，朝一块青石上用力一磕，那煤竟齐崭地一分为二，而后，又照原样装进毛褂一前一后地搭到肩膀上。而后，又笑笑：

"嘿嘿，这块是给咱婆姨的！"

他也笑笑，并不发问，只是默默地照旧跟在队伍的后边。走上山坡的时候，他忽然记起了那间旧石屋和那个健壮的农妇，就想：那石屋门前现在一定有个人在朝这儿张望，那张脸一定是白白的，很胖。于是便转过身去。转过身去才知道自己错了，石屋门前空荡荡的，错落的村舍们依旧是缓缓地把那些淡蓝色的寂静喷吐出来。头顶上领牲口的伙伴又来了兴致：

说西庄道西庄,

西庄里有位好姑娘……

短短的唱词后边似乎空下了许多未能尽意的不满足,接着,运足了力气又唱。可惜,还是只有那又干又硬的短短的一句,既不婉转,也不悠扬。

"难怪只爱这一句。"

他想。

"喝水——！"

从土窑的阴凉里朝外一跨,"轰"的一下,灼人的热浪立刻逼出满身的鸡皮疙瘩来,头发下边一阵炸痒,活了二十岁终于知道,鸡皮疙瘩原来热极了的时候也出。眼睛四周被白炽的阳光晃出一圈黑影,忽忽悠悠的弄得人有点轻飘飘的晕眩。刚才睡着时汗水浸湿的领口一眨眼干了。脑袋里残存的一点睡意被热浪扫荡得干干净净——真清醒!一片亮晃晃的意识里,仿佛也当头悬着个太阳。他眯起眼睛朝远处看过去,涧河对面红褐色的岩壁像一张醉汉的大红脸,热烘烘地贴着河水。咽下一口唾沫,他极其清晰地回忆起刚才的梦境:就在自己家的胡同口上买了一根冰棍,小豆的,从小到大一直就爱吃小豆冰棍。嘎嘣咬了一大口,抬起头来正好看见胡同口灰砖墙上的那块牌子,搪瓷的,蓝地白字,清清楚楚写着:羊尾巴胡同。心想,应该给她也买一根带回去……不对,她们家住隔壁教子胡同,不住羊尾巴胡同……跟着，抽冷子似的打起雷来，浑身一激，醒了。不是打雷，是工头吆喝上工，堵在窑口只喊两个字：

"喝水——！"

小工们四肢并用地爬起来，吭吭哟哟地伸着懒腰朝外挪。麦秸铺的地铺上还有人腻腻歪歪地磨蹭，工头骂起来："我日你娘，坐下月子啦！快些！"

他扭回头去看了一眼，尽管地铺上的那个人一边起身一边极力地掩饰着，可他还是在裤裆口上看见湿乎乎的一片，心里不由得鄙夷地咒骂起来：

"尻小子，又跑马了！真他妈的马裤呢！"

"马裤呢"是大伙起的外号，因为他老"跑马"，书上说这叫"遗精"，是病。"马裤呢"成天蔫头耷脑的，大伙起哄的时候他的脑袋就耷拉得更低，一张紫脸恨不能钻到裤裆里憋起来，这种情形又叫人有点可怜。他给他出过主意："回北京找个医生治治。""马裤呢"抬不起头来："这事儿没法张嘴……"

工头已经提着瓦刀上了脚手架，不戴草帽，挺着一颗光头在太阳底下硬晒。他是涧河川里手艺最好的匠人，庙里的神仙，村里的男女，都住他盖的房，他砌的窑。他又是涧河川里最苛刻小工的工头，有两句最著名的口头禅，"我日你娘，我就不知道什么叫个累！""我日你娘，我就不知道什么叫没钱儿！"大伙背地里骂他，管他叫二地主。其实，二地主是五代贫农。二地主喊工是因为这十孔砖窑粮食收购站和他订了合同，大队叫他全面负责。合同规定的钱数是死的，但又规定早一天交工就早一天算钱，领工的人就多一份分红。二地主就拼命地赶，白天赶着人干活，天一黑又赶着人睡觉。为了延长白天的工时，他索性取消了午饭后的歇晌。在他的治下，这几孔充满了麦秸味和汗酸气的土窑活像是马圈。这些歪歪斜斜出出进进的身体，除了不会打响鼻和甩尾巴，剩下的差别并不太大。

他紧贴在墙根下边一条窄窄的阴凉里站了一会儿。工头把他和"马裤呢"分到一块滤石灰，这事叫他有点扫兴，可是别人全都不愿意和"马裤呢"一起干活，他不忍心瞅着北京老乡活现眼。"马裤呢"无声无息地走过来，他劈头给了一句："你小子真他妈没出息！"

"马裤呢"脸红了，知道他在骂什么，只觉得无地自容。

"你就不会忍着点？"

"这事儿不由人……"

"一肚子坏水，你成天就想这缺德事儿！"

"没有……根本没有。"

"我不信！"

"真的……这事不由人……就是活太累，我顶不住。"

"马裤呢"已经拖出哭腔来了，他只好强忍住涌上来的厌恶不再追问。在他二十岁的生涯中还从来没有过一次这样的经验，只在初中三年级的生理卫生常识课上，模模糊糊听老师讲过一次，在印象深处他觉得这种事情很肮脏，很见不得人。

好像嘲弄人似的，正午的太阳把每个人都变成侏儒般的短小，紧拖在脚跟后边。石灰堆强烈的反光逼得人难以睁眼。他赶忙把墨镜掏了出来，隔着茶色的镜片，暗下来的世界顿时清爽了几分。"马裤呢"没有墨镜，只好苦巴巴地半眯着眼。这副被他无意间带来的墨镜，是他俩惟一的劳保用品。工头分活的时候说："你有镜子，滤灰吧！"可这副墨镜一直都在折磨着他，每一次当他把墨镜架到鼻梁上的时候，都觉得欠了"马裤呢"的人情。有几回他把墨镜塞给"马裤呢"，可都叫"马裤呢"半哭半笑地推辞了。他若像个男子汉硬邦邦地推辞也就罢了，偏又是一副苦相。看见这苦相他就光火："你小子不戴活该！"

滤灰池的旁边是这座小山似的石灰堆，他和"马裤呢"的任务就是把涧河里的水一担一担挑上来，在池子里把这座"山"一点一点地兑成石灰浆，用耙子一刻不停地搅拌着，把浆过滤到池子下边的那个深深的大坑里，而后再把滤剩下的渣子、石块撮出来。石灰山很大，涧河里的水很满，所使用的耙子、铁锨、扁担、水桶也全都坚固耐用，需要的只是他和"马裤呢"吃下窝窝头以后所转化出来的力气。

也许是眼前这两块茶色玻璃带来的一点清爽引起了快意，他又想起刚才的梦境来：真有意思，怎么就单单梦见要给她买冰棍呢？还是小豆的，人家说不定爱吃奶油的呢，别说，这事儿还真的从来没问过她。都说心里想什么梦里就梦什么,可不知为什么他特别想梦的那件事没叫他梦上。昨天晚上,趁着二地主不注意,他偷偷跑回村去了,一口气跑了十五里山路,把她偷偷叫出来在村口的老杨树底下坐了三个多钟头,然后又摸夜路跑回来,一点也不觉得困,一点也不觉得累。老杨树是村里的神树,有半间屋子那么粗,老树根宽得像板凳,比北海公园里的长椅一点不差。三个多钟头他一直搂着她,磨缠了十几次,她到底还是答应了,解开领口,让他把手伸了进去。满是茧子的手抓住那软软的东西时,他浑身抖了起来,想忍,可忍不住,抖得像一架什么机器,抖得心里一阵阵的发晕。他知道她的小名,就叫:"二丫儿……"

"嗯。"

"二丫儿,我自小看着你这儿慢慢鼓起来的。"

"没德行,就知道看这个!"

"我早就想摸摸你这儿是什么样儿。"

"我又没挡你……"

"你妈要知道了,非得骂我把你勾坏了!"

"自己知道就得!"

"我忍不住……"

"缺德。"

老杨树在头顶上温柔地遮盖着,一弯下弦月在树荫的外边洇染出一个朦胧的世界。有好几次他一直把她抓得叫起疼来,

143

模模糊糊的,他渴望着更强烈,更隐秘,也更纵深的东西,可又有一种更为难以名状的恐惧在提醒和压抑着他。她的全部语气和细微的举动都在给他一种明白无误的暗示,她绝不会全部满足他膨胀起来的野心,她是不会放弃最后的防线的。他和她似乎陷在一种共同的恐惧和羞耻之中……从昨天夜里到现在,他一直有一种难以忍耐的兴奋,手心里也一直保留着那令人发抖不已的触觉。像看电影似的,在脑子里一遍又一遍地重温着那三个多小时里的全部细节,脸上,嘴上,手上,胸口,大腿,膝盖,所有曾经碰撞过和摩挲过的地方,全都保留着清晰无比的印象,就好像一根顶花带刺的嫩黄瓜握在手心里,碰到牙齿和舌苔上。可惜,刚才的梦里只有冰棍,剩下的什么都没有。

"我日你娘,站那么直不嫌腿疼?"

晴天霹雳似的,站在架子上的工头朝砖墙上拍着瓦刀骂起来。冰棍和老神树顿时崩散了,他又无比清醒地落回到烈日下的这个世界上来,慌张地抓起锹把,搅出一股令人窒息的白烟。一面铲着,"马裤呢"问了一句:

"你想什么呢,直发愣?"

他笑笑,什么也没说。过了一会儿试探着反问:

"哎,你小子跑马的时候梦的都是什么?"

"马裤呢"的脸猛地憋红了:"别他妈跟我瞎掰了,什么也梦不见,就是活儿累得顶不住……"

他很认真也很真诚地又说：

"嗨，不跟你瞎掰，我他妈不懂，想问问你，真的，你那时候是怎么回事？"

"也没怎么回事，就是觉得痛快那么一下，老也忍不住……"

"挺痛快的？！"

他眼睛瞪大了，声音也大了。"马裤呢"慌做一团连连摆起手来：

"你他妈别嚷呀，谁说痛快了，人家这是病……"

说着竟有眼泪在眼眶里聚起来。他见不得这副娘们儿的样，那种厌恶的情绪猛然又窜了上来：

"得得得，您别跟我在这儿挤猫尿！"

也许二地主真的听见他的话声了，暴跳如雷地从架子上翻下来，照直冲到灰池边上：

"我日你娘，这是干活儿呢，还是开会呢？想白拿公家的钱儿！挑水！"

一边骂着，一边狠狠地抢过铁锨向池子里大团大团地甩进生石灰。像烟幕弹爆炸似的，三个人顿时都被裹在呛人的白烟里，他和他的伙伴逃跑似的挑着水桶冲下河滩。是为了惩罚，也是为了向众人显示威风，工头发疯一般片刻不停地朝池子里甩进生石灰。他们也只好发疯一般在滤灰池和涧河之间奔跑。小工们都有几分开心也有几分幸灾乐祸地瞧着这风车一般旋转的三个人。一池又一池的灰浆泻下去,一身又一身的汗水冒出来,一直挑到身上再也冒不出汗来的时候,工头才把铁锨插进石灰堆里。三团蒙满了石灰的东西,非鬼非人地在池子边上戳着,三张白脸上最显眼的地方,就是那三个露着红舌头的窟窿。二地主抹抹胡子上的石灰粉末,把记工员叫了过来:

"今后响给这俩货记个加班!"

而后对着他们得意大方地笑了笑:

"我日你娘,半天工夫挣下一天的钱儿!"

这个喜剧式的结尾有点出人意料,一阵笑声在工地上传染开来。他和他的伙伴散架似的坐在地上,原本准备和工头大吵一架的火气泻得干干净净,什么感觉都没了,只有浑身的骨头节在疼痛地啃咬着。舌头下意识地伸出来舔到爆了皮的嘴唇上,被烫了似的又立即缩了回去。舌苔上负责辨别味道的感觉神经们被一种陌生而又强烈的味道折磨着,说不出那是苦是涩还是辣,它们碰到了落在嘴唇上的那层生石灰粉末。

工头颇有气势地拍打着自己肩膀和衣服上的石灰,把两个累瘫了的人撇在身后,高高喊了一声:

"喝水——!"

小工们都知道,这一嗓子是在颁布小憩片刻的命令,于是把手中的工具纷纷放下来。

他把墨镜取下来挂在胸前的扣眼上,还没有从刚才的疯狂中缓过劲来,顾不得选择什么阴凉,就那样在毒辣而又耀眼的阳光下边坐着，脑子里一片昏乱，没有了神树，也更没有什么冰棍。他眯起眼睛，朝自己刚刚搏斗过的涧河望过去，于是，白亮亮的涧河便载着酷暑中的阳光热辣辣地流进到意识里来，把一切都染成白色……下意识地，他竟也在心里跟着谁喊了一声：

"喝水——！"

喊完了，才猛然醒悟过来，一股怒火脱口而出：

"畜生！"

屁股底下有一块尖尖的石子刺得很疼，视线所及都是些被太阳烧得白晃晃的东西。

1987年6月于太原

篝火

红黄的火像个温柔的女人,在黑暗中摇摆出些光明来。他们拥着火,脸上也被涂满了红黄的温柔。繁星似锦的天幕上,分岔的银河清冽地流过山脊,有水声从河谷里淙淙地传上来,和那清冽融汇在一起。有一个人在火边站起来,从身后的窝棚上取下铜锣,用力地敲了几下,接着,粗哑悠长的喊声便在山谷中传开来:

"山猪噢——过去喽喽喽喽——"

没有回声,坦荡的河谷中全是朦胧的夜色,和裹了夜色的浅浅的山岚。喊声像水漂儿在这夜色和山岚中划过,而后,沉到黑暗的深处。喊完了,把锣挂好,便又拥着火坐下来,脸上又被涂满了红黄的温柔。两个人漫不经心地又说起来:

"今黑夜你咋能舍得来?"

他听出同伴的话外音,故意避开了:

"说毬的，不来你给发工分儿？"

"呀呀，快不用装龟孙啦，这是甚时候成了圣人啦？你当队长哩，工分儿还用着挣？再说这俩工分儿能值了你这一夜的美事儿？"

火焰在同伴的眼睛里分外明亮地闪烁着，刚才胸膛里那股被自己已经压下去的妒火呼地又蹿了起来。他干咳了几声，把它们压下去。再一次避开话锋，拿起一根柴棍在火堆里搅弄着：

"熟了么？"

"刚埋进去就能熟？"

可他没有停，还是固执地把刚刚埋进炭火里的山药蛋拨出一个来，伸手捏了一下，指尖上一阵钻心的烫疼。他吸着凉气又把山药蛋扔回到火里，赌气似的不再用炭火掩埋，任它在火苗里煎熬。即刻，一股焦煳的味道被火烧了出来。同伴又揶揄道：

"哈呀，今黑夜这是咋啦？叫老婆训砍得连饭也没让吃？饥成了这个样？放着相好的不搂去，非跑到这儿来跟我挤窝棚哩，人家什么好吃的给你做不出来呀。你这儿咋就能舍得这么好的空子？"

他终于爆发起来：

"你狗日能停么？你不知道那杂种今黑夜去了？你这是成心难看我哩吧？"

同伴眼睛里的火光顿时大了许多：

"……你是说公社书记？……"

"除了他还有谁？"

两个人都煞住话头。火们静静地给那两张脸又涂上许多难言的温柔……

其实，今天他去过她那儿，今天书记一进村，他给书记号了房子，派了饭，又陪着书记喝了一顿酒，抽了一阵烟，然后瞅空子到了她家。对她说：

"书记来了。"

她点点头。

又说："后半夜你支走他。我来！"

她又点点头。

他骂起来："这狗日的就是冲着你才来咱这下乡的。"

女人定住神情，再没有动静。他又"祖宗""狗日"的骂了几句，骂了几句，又觉得骂得没有什么味道。忽又想起书记那张黑胖的脸来：

"你日哄日哄那杂种就行了，不能叫他尝了甜头老来！"

他和她都清楚这已经不是第一次了。他和她也都清楚他们似乎没有什么好办法挡住人家。无声的女人流露出些无声的哀怨来，这哀怨惹得他有些烦躁：

"你放心！我说了给你寻个人家就给你寻个人家，不会叫你总这么守着。早晚的事情，急啥？"

这个话他也说了不止一次了，也觉得没有什么味道。呆呆地站了一阵，便兀自退了出来。

喝了酒不想吃饭，约摸时辰差不多了，他趁黑潜进院子里，在那扇窗户底下藏住。听得有了动静，便偷偷地趴在窗纸上那个早就留好的窟窿跟前。已经看了许多次的一模一样的情形当即在眼前突现出来，牙齿们顿时被错出一阵闷响：狗日的连灯也不灭！就那么在明晃晃的灯苗底下喘着粗气，黑胖的身子赤条条地涌动着，压着一片也是赤条条的白色。有窗台挡着，看不见她的脸，只看见这团黑胖的东西猪一般地哼着喘着。他在心里冷笑着：杂种的，要睡女人可没个睡女人的好家具！跟着，灯灭了。他只好扭回头来。一扭头，霎时扑进这满眼的星星，真密，真稠，也真是水洗了似的干净。那股妒火似乎也不由得被洗去了一些，他在心里兀自笑骂起来：

"你狗日这叫干的啥事情？你睡相好，人家也是睡相好。又不是睡的你老婆，又没有占了你的东西，碍你的毬疼来？"

话虽这样说，可总是有些不平服，总是有股咽不下去的东西在喉咙里卡着：狗日的，你是公社书记呢，公社里的女人多啦，村里的女人也多啦，要哪个不行？你杂种就偏要占我嘴里的这一口食么？这么想着，他又恨恨地把眼睛朝着那个黑黑的窟窿转过去，越是什么也看不见，就越是想看见点什么，心里的那些不平也就越是剧烈。猛地，脚底下咯叭一声脆响踩断了一根柴棍，窗户里立刻传出警惕的声音来："谁？！"他吓得憋

住气,一溜烟跑了出去,跑远了,才又朝那座熟悉的房子转回头去:

"你狗日总不能老在这下乡。后半夜就是老子的!"

不知怎么,这样骂着,心里忽然又是一阵难言的滋味:忽然就觉得这个和自己相好的女人没有了味道;忽然就觉得两个人相好一场几年工夫,眨眼间都失了味道。他说不清原来那种味道是什么东西,是怎么回事情。也许就是因为总觉得自己欠了这女人一笔情分。男人睡女人都是欠了女人的情分,也欠了老婆的情分,可是有这么个黑杂种朝里一加,就什么也不欠了。不但不欠了,反倒是觉得那女人欠了自己许多东西——"赔本儿的买卖还有毬的味道!村里的婆姨多着哩!"这样骂着,才又觉得舒服了些。

火太大,刚才他扔进火里的那颗山药蛋被烧得缩成一团儿,竟有些蓝色的火苗断断续续地从那炭团儿上冒出来。同伴觉得自己刚才有些失口,真诚地劝慰道:

"嘻——,值不得生这么大的气,你睡相好,人家也是睡相好么。相好就是相好,老婆就是老婆。两码事。再说人家还是公社的头儿,你这当队长的能顶?算毬啦,婆姨家都骚浪的不行,你狗日的也把她睡够本儿啦!……"

两个男人同声放怀笑了起来,笑一阵又打趣:

"你今黑夜该领着你老婆听房去,她要知道有书记在那插着腿,保险再不和你闹架啦!"

两个人又是一阵大笑。本来是自己心里憋着的话，突然这么明白无误又分毫不差地被别人说了出来，他觉得窝在心里的东西顿时烟消云散，心中清爽得有如头顶上这条分岔的河汉。

"我说，这婆姨有啥好的，就把你这匹马硬硬地拴了这几年？"

他得意地笑笑：

"不上身分不出个好坏，上了身你才知道不一样……"

"吹牛吧！顶到天她就是个女人！就让你遇上活神仙啦？"

他不再回话，却把那些睡相好的细节和眼前红黄的火光叠印成纷乱的一片……冷丁，那一堆赤条条的黑肉加了进来。他笑骂道：

"狗日的，花儿好了都闻着香哩，今黑夜便宜死那黑杂种啦！"

"哈呀！还吃醋哩？真要憋不住，你就去，看看书记能让让队长么？看看你有这胆子么？"

同伴说完又哈哈地笑起来。他也跟着笑，但却把那个后半夜的约会藏在嘴里。等着同伴不再笑了，他认真地提起一个新话题：

"东坡的那个羊倌来说了两三回了，我看他挺合适。咱队里的这群羊老是没有正经人好好放。这羊倌上了门，咱村的羊就靠实了。"

同伴又揶揄起来："狗日的，相好的成了破鞋你就卖呀！"

"你胡说！我早就应承下人家的事情。"

他又想起女人那张无声无息的脸，想起那些无声无息的哀怨来，于是又硬铮铮地说道：

"做事情不能光想自己痛快。我有老婆孩子，能跟人家相好一辈子？人家她也得活自家的光景么！"

伙伴信服地点点头：

"我看能行。可你得说好，叫那羊倌一定得上门来。"

"他穷得连整衣服都没一身，不上门他能咋？出得起彩礼，娶得起媳妇，他还用熬光棍？这门亲事还不是他拾了大便宜！"

"相好一场，也算你对得起她！"

也许是被火烤热了，心里生出了一些暖意，他竟有几分温柔地笑起来。一面笑，一面又想起那张无声无息的脸，想起他第一次在她家过夜时的情形来。他是半夜进的门，进门第一句话就说："今黑夜我不走了。"女人什么也没说。第二句就说："你脱吧。"女人便慢慢地把衣服脱下来。山里人很简单，脱了布衫，脱了裤子，就是白生生的肉了。手腕，脖子，膝盖，还有脚上和自己一样，都是一层鳞甲般的污垢。然后，他就把灯吹了。他是在墨一样的黑暗中知道她是个好女人的。他从来不像那个黑杂种那样点着灯干……相好几年他不知应许过她多少话，但有一句忘不了：从第一次起他就说过，将来要帮助她再找一个合适的男人，再成一回家。男子汉大丈夫，说话算话，自己总算是对得起她了。

同伴被烤出些倦意来,把羊皮袄朝身上紧了紧,低头钻进窝棚去:

"我先给咱瞇睡上一阵阵。"

"行,睡吧。"

说着,他心里偷笑起来。河谷里的水声还是淙淙地响着,不远处的灌木丛里有只杜鹃在哭,天上的星星似乎是更稠,更密了。

不知过了多久。

等到窝棚里的人一觉醒来的时候发现他不在了。火堆的边上扔着一摊剥下来的山药皮,那颗被扔在火里的山药蛋早已烧成了一个炭块,圆圆的,像一只孤独的眼睛,在残火中幽幽地闪着暗红的光。同伴快意地咒骂着,露出些会心的笑容来。

蓦地,一颗流星从银花锦簇的天幕上忘我地挣脱出来,朝着无底的黑暗投了下去,耀眼的一霎之后,山谷中的黑暗似乎更黑,也更深了些。有声音从那黑暗的底里粗哑悠长地传出来:

"山猪噢——过去喽喽喽喽——"

好汉

"吱扭——",房门在背后关上了,隔着门缝他听见她呻吟似的长叹了一声,黑暗中,他无声地笑起来:"家日的呢。天底下独一份儿!"这么骂着,他随手把斜靠在门边上的火枪提了起来。立刻,一阵快意的冰凉从手里传播开来。刚才,这双手像揉面团儿一样揉搓女人的时候,也是一种说不出的快意,和现在不一样,烫,烫得人身上熨熨帖帖的,烫得人心里晕晕乎乎的……"家日的,独一份儿!"

　　雪不知什么时候停了,微微的西风刮出满天高远的星星。风们带着寒气涌到胸腔里,畅快地平服着他因为女人而沸腾的热血。高大壮实的身坯在夜风中舒展着,浑身上下从女人身子上沾来的气息,随着热量一起弥散开来,他把火枪在手中倒换了一下,回过头去朝那扇刚刚合住的门又扫了一眼。他知道,只要自己抬手一拍,只要自己理直气壮地吐出一个字:"我!"

这扇刚刚关上的门马上就会重新打开，女人就会受宠若惊地迎出来。这一夜，自己想怎么揉搓她就怎么揉搓她，想怎么使唤她就怎么使唤她。可他偏就不，偏就硬硬地出来了。刚才事一完，他就穿衣服。女人说，这么大的雪，别走啦。他说，不。女人说，连过夜的酒菜都给你做下了。他说，不饿。女人就嘤嘤地哭起来。他笑笑，走到灶台上，伸手揭开锅盖，热气腾腾的锅里摆着一盘山药丝，一盘炒鸡蛋。他又笑笑，扣住锅，扭身从灶台上取过酒瓶子，把铁皮的瓶盖子用槽牙咬下来，咕咚咕咚灌下半瓶高粱白，而后命令道："快起。闩门！"女人顺从地爬起来，一面穿衣服一面还是抽抽搭搭的。走到门口时女人在后边求他：

"这么大的雪，明天别去打坡啦……"

他听出来女人想求的不是这件事：

"淡话。下雪不打，甚时候打？一伙人都说好了。"

女人迟疑再三，终于还是忍不住了：

"那个事儿你想好了么？"

他故意堵住话题反问：

"啥事？"

"本家的两个叔叔大爷们都等着要你这一句话哩。他们说你要不应承上门的事儿，他们就砸折我的腿……"

"敢——！狗日的们，叫他们的话朝我说！老子睡相好是明打明的，哪一回来你这儿瞒过人？老子的枪就在门口靠着哩，杂种们咋没一个敢放屁的？我就不信他们那脑袋比豹子的还硬！"

"人家说永福这一支里，就他一个独苗，永福死了就没人顶门子了……说你占了他的女人又灭了他的姓就得遭报应……"

他冷笑道："既是这么怕报应，咋你不和你那叔叔大爷们商量好了再叫我睡你？"

一句话又噎出女人满脸的泪水来：

"我求求你啦，我知道你要强，你好汉，可只要你答应了他们，咱俩的事就好办了，除了姓他的姓，剩下的我这一辈子就啥都由着你，你想咋就咋……"

他白灿灿地露出满嘴的牙齿来：

"我啥也不想，就是想睡你！"

一边说着，他果真抱起哭倒在怀里的女人，又返回炕头上。借着酒劲，果真又在面团儿一样的女人身上施逞了一回。

现在，浑身上下所有的骨头节都是松快的，松快得他想哼两句什么戏文，可惜不会，便把那心爱的枪举到眼前来把玩。这杆火枪的名声和自己的名声，在这一道六十里长的山川里是一模一样的。在这一道川里，敢拿着火枪打豹子，并且打住不止一只的人，只有他这一条好汉！在这一道川里，明打明地睡女人，睡了女人还得叫女人求上门来的，也只有他这独一份！浑身上下使不完的力气，此刻，正借着酒劲在胸膛里热辣辣地

翻来涌去。除了这些使不完的力气,和手里的这杆好枪,剩下的他都不相信,也不在乎。他满意地估量着弱下来的风势:

"行,太阳一出山,风准停。打坡正是好时候!"

从昏迷之中刚一苏醒过来,就差一点被叽叽嘎嘎的哄笑声给抬起来,从同伙们那种嘲讽、开心、疯狂的笑声和目光里,他似乎是察觉到了一点什么。于是从地上支起身子,朝大家都打量的地方也看了一眼。这一看,自己也不禁笑起来。裤裆的正中央豁开半尺方圆的一个窟窿,自己的那个东西像个风铃似的挂在那儿,没遮没拦地露在外边。可一笑,额头、颧骨和右半边脸猛一阵刀割般的绞痛。他咬着牙"嗞——"地倒吸冷气,随着满口的血腥味,他分明觉得有股冷风从脸上的那个伤口中穿透到嘴里来,脱口骂了一句:

"狗日的,扎透啦!"

"轰"的一下,同伙们的笑声又一次地掀起来:

"你个日的快不用操心脸啦,要是把你这家具一口咬下来,连龟孙光棍也当不成啦!跟上你那相好的一块儿当寡妇吧!……"

"杂种的家具就是好哩,连母猪都追着咬……"

"哈哈,好汉,好枪!两杆枪都好!"

听见同伴们骂得这么开心,他又想跟着一起笑。可还没等笑容摆到脸上,就再一次被刀割斧锯般的疼痛扯住。鲜血一股又一股地从那个穿透了的伤口里涌出来淹没了牙床和舌苔，他发狠咽下一口，强烈的腥味顿时把五脏六腑都搅了起来。

刚才，就在那头受了伤的母山猪从石坎下边猛地扑出来的时候，他脚下一滑，仰面朝天地摔倒在山坡上。那杆被自己也被同伙们夸赞了无数遍的火枪，脱手扬出去摔到石头上嗵地放了空枪。听见枪响，山猪发了疯一样朝自己扑过来，门扇宽的腰板，刀尖般的獠牙，裹来一阵冷风。当那张一尺多长的大嘴喀嚓一口咬下来的时候，他只来得及下意识地蹬了一下，心里"轰"地一闪：完了。随后，猪头一摆，他就像片被风刮起来的树叶在半空里飞了一阵，接着，便重重地摔下来。一根被镰刀割过的荆条茬子刀子似的捅在了脸上。然后，他就什么也不知道了。同伙们嚷了些什么，别人又放了几枪，自己怎么被抬到这儿来的，山猪是怎么打倒的，他就都不知道了……现在回想起来，都亏了这条又肥又大的挽裆裤。那张一尺多长的血盆大嘴全都咬在了肥裤裆上，如果再往上凑三寸，还能不能醒过来就不好说了。他想了想，取下头上缩着的毛巾衬到窟窿里挡住羞处，这个举动又招来一阵笑骂。他们这结成一伙的几个人，今年冬天是第一次打着了猎物，第一回开张。第一回开张就打了一大一小两只山猪。除了山猪以外还有这么大的笑话，大家的情绪自然特别高涨。今天，他的枪头准得出奇。一伙人追上这母子俩以后高兴得直叫喊。那只小的就是他一枪撂倒的，紧接着，第二枪他又打中了大山猪的后胯。猪叫，人也叫，分不清是猪疯了还是人疯了，一口气追了两架山头。谁也没想到这只受伤的山猪会躲在那个石坎下边，谁也没想到这只慌了神的山猪会返回身来拼命。当它带着一股冷风带着满身的鲜血窜出来的时候，同伙们吓得四下里乱钻。就是在那一刻他摔倒了的，就是在那一刻手里的火枪甩脱了手的。这杆枪是他的骄傲。是他用一担麦子又贴了五十块钱，从河底镇张记铁匠铺里买来的。这杆枪的枪筒子比别人的都长了五六寸，准头大，射程也远。每年冬天一上坡，他就跟着这杆枪平添了许多威风。可真是万万没有想到，山猪扑过来的时候枪脱手了。枪脱了手他才知道，没有枪就什么威风都没有。那只山猪只是一摆头，自己就像片树叶儿似的飞了起来……幸亏是挽裆裤，幸亏是旧的，要不就什么都完了……同伙们的疯劲儿还没有过去，叽叽嘎嘎的有人笑出眼泪来。他不管别人笑不笑，又仔细地整了整衬在窟窿里的毛巾。而后，一边用眼睛找着问道：

"枪呢？"

"啥？……"

"我的枪呢？"

"你那枪不是在裤裆里好好的……"

他不理这个玩笑，又问：

"枪呢？快递给我。"

抓住冰凉的枪管，他忽然就想起昨天晚上的情形，想起女人的哀告来，不由得便有些后悔：若是听了她的话不出坡就闹不下这场玄事，这真是报应我哩。想到"报应"，他的两只眼怔怔地僵在了眼眶里。

脸上、额头的伤口火烧火燎地疼。身子前边是同伙们生的一堆旺火，扔进火里的干柴劈劈啪啪地迸出些火星来。火一烤，伤口就疼得更厉害些，他转过身子，把伤口对着火外的冷风。肉已经分好了。头两枪都是他打中的，又受了伤，理所当然地比别人多得了两颗猪头。放在猪头旁边的那几块最好的肉也是自己的，功劳都在那儿明明白白地摆着，除了这个笑话之外，在同伙们的眼睛里他也还是条好汉。可他自己总是有点说不出的恍惚，也有点说不出的勉强，装了满肚子沉甸甸的心事和疑问。同伙中又有人打趣：

"还愣啥？扛上肉走吧，你身上一件儿东西也没少！"

"你那一枪把狗日的后胯打得不轻，行啦，不赔本儿！"

"叫寡妇给好汉包饺子吃吧。吃完了，好好睡她！"

一伙人又疯疯傻傻地笑成一团。笑声里人们捧来些雪盖到火上，嗞嗞啦啦的响声中，一堆旺火转眼化成几缕犹犹豫豫的冷烟在眼前飘散了。

靠人帮忙，他把挂在枪杆上的猪头和猪肉扛在左肩上。一伙人说说笑笑走下山来，话题自然还是离不开"战利品"最多、笑话也最大的人。任凭别人说什么，他只是闷着头一字不答。有人从背后捅他：

"咋，魂吓丢啦？"

他梗起脖子回了一个字：

"寡！"

"没丢咋不说话？急着给人家送肉也不是这个急法！"

他刚要还嘴，那些剧烈的疼痛又把他扯住，嘴里又有些腥味涌上来。有人换了话题，又夸起他的枪来：

"你这枪就是好，准头子也好。一担麦，五十块，值！"

枪就在肩上扛着，光滑的牛角把子就在手里握着，这个心爱的物件使了不是一两年了，可是今天他第一次对它有了一点异样的感觉。山猪扑到脸前时带来的那一股充满了死气的阴风，现在还在胸口上打旋。他觉得自己的心里头有点像刚才的那一堆旺火，好像也有谁捧了冰凉的雪盖在上头，好像也有什么东西化成犹犹豫豫的青烟飘走了……他忽然间觉得一阵彻骨的寒气，要是有一口酒就好了，借着酒劲就能驱驱这股寒冷。这么渴望着，竟真的打起一阵冷战，他使出浑身的力气把这股冷战强压下去。没走出几步，却又抖了起来……暮色中，他抬起头：远远的，那片熟悉的村舍也正在把一些青烟冷冷地喷吐到大山冷冷的阴影中来。

进村的时候，他故意留在最后装作要解手。看着伙伴们都各自走散了，他才急匆匆走到村口的神树下边，把两颗猪头恭恭敬敬献到树前的石台上，三叩三拜。而后，久久地跪在树前，固执而虔诚地在心里反复默念着那个"报应"，似乎是咬定了神树会给自己一个明确的答复，两只眼睛直直地朝越来越重的暗影里盯着。

似乎真的是为了答应他，随着一阵躁动，一群漆黑的乌鸦扑噜噜地从巨大的树冠中精灵似的飞了出来，围着神树盘绕数匝，接着，又归隐到那些古老而又神秘的枝干当中。

他抬起眼睛，在密匝匝的枝干的缝隙间徒劳地捕捉着那些倏忽而过的黑色的闪影。终于，委顿地垂下头来，放弃了努力，一个长长的叹息从他宽厚结实的胸膛里重重地跌落到阴影中来。随着这声叹息，又有一股血腥气浓烈地淹没了牙床和舌苔。

晚上，当他粗壮的胳膊又把女人揽在怀里的时候，认认真真地问道：

"你说报应。啥叫报应？"

女人想了想：

"遭报应就是不落好死。"

"受苦人咋就算是个好死？"

"用问。一辈子吃饱，喝好，有自己的房子，有老婆孩子，栽根立后，活够了岁数……你今黑夜是咋啦？"

他没有立刻回答，停了一阵，又说：

"你说咱啥时候过事（结婚）吧？"

女人从他怀里挣出来：

"你说这话当真么？"

他不耐烦地扬起脸来：

"麻毬烦吧！啥时候？"

"我再跟他们商量商量……"

"毬！好汉做事好汉当，自己的事用着他们操闲心？！"

顿时，有两行眼泪从女人的脸上淌下来……

1988 年元月于新居

天上有块云

歇牛的时候,他摘下粪箕笋扣在地上当枕头,就那么不管不顾地躺在牛的旁边。黑眼窝在反刍,一口一口地把昨天晚上咽下去的干玉茭叶,咕咕有声地反吐到嘴里,有滋有味地咀嚼着,尾巴悠闲地摆荡着,身子一动,脖子上的牛铃就丁丁冬冬悠远地响起来。一条山川几十里,星星点点地散落着开耕播种的人们,散落着许多悠远的牛铃,和也是悠远的吆牛的喊声。他就想起苏东坡来:

  西崦人家应最乐,
  煮芹烧笋饷春耕。

身边的小姑娘忽然就叹了一口气:"我真快熬煎死啦!"
"怎么了?"

"你看根娃傻成那样,连一群羊也数不清,每天出坡还得叫他爸爸给数。跟他结婚寒碜死人啦。"

"那你不会不跟他结婚。"

"我爸不行。我爸接下人家的彩礼了。"

暖融融的阳光里弥漫着新翻出来的泥土的气息,黑眼窝深情的大眼睛凝视着悠远的山川,依稀的山岚把远处的群山洇染成淡淡的灰蓝色。他回答不了她的问题,因为他不是她爸。他只好岔开话题:

"你说这风景好看吗?"

"啥风景?"

"从咱们这儿一眼能看出几十里地去。"

"那就咋啦?见天一出门就是这些山。这一辈子要是能从这大山里熬出去才算是福气。你说是么?"

他还是回答不了,只好又岔开话题:

"你瞧,天上有块云。"

她抬起头来。真的,天上真有块云。白白的,小小的,可可怜怜的。

"我爸说,不结婚就打死我。"

他笑了:"那是吓唬你。"

"才不是哩。他打牛能把棍子打断了,狠得能杀人。"

她爸是队里的牛倌。他见过她爸爸打牛。把牛关在栅栏里用荆条抡圆了打,打得牛哭着满圈跑,撞得栅栏山摇地动地响,荆条呜呜地兜着风,一边打一边骂,非要操死牛的祖宗,惊得满村子人站在门口听。村里人看不下眼去,可又说不动。老丈人说过一回,老丈人说:

"我说,你别打了,招呼打坏了牛腿。"

打牛的人就在牛圈里跳起来:"我日你妈的呢,打不上老婆还不叫打牛?把人活憋死吧?"

村里人就笑,都知道这个人死了老婆十来年了,没处使劲去,憋得想杀人。

有一回,牛倌又打牛,正打得起劲,她跑到栅栏外边,跪在地上哭:"爸别打啦,牛可怜的连句话也不会说,要打,你打我吧……"

牛倌猛然就停下手来,一动不动地钉在圈里,气喘得像头牛。

盯着那块白云看了一阵,她忽然就又叹了一口气:"结就结吧,反正早晚也得嫁人。"说完了又为自己惋惜,"我就是看见根娃太憨,憨得寒碜人哩……"

枕在笸箩上,他朝她侧过头。侧过头去就看见她细嫩的脖子和也是细嫩的下巴,俏俏的,圆圆的。空身穿的碎花棉袄,对襟扣襻的缝隙间露出些雪白的肌肤,在眼前闪闪烁烁的。他想起来,她才十六岁,就给她出主意:

"你才十六岁,还不到法定的结婚年龄。"

没想到她笑了:"啥十六呀,我是下半年生的,虚两岁,正好十八了。锁梅跟我同岁,娃娃都抱上了。你们城里人啥也跟我们不一样,连算岁数也是怪怪的。咋啦,在娘肚子里那一岁就不要啦?"

他笑了。是苦笑。把头扭过来接着看天。天是瓦蓝瓦蓝的,是那种只有春天才有的干燥的蓝色。那块云还停在那儿,白白的,小小的,可可怜怜的。他就又想起一句湿漉漉的歌词来:

蓝蓝的天上白云飘,
白云下边马儿跑。

他看看黑眼窝,又笑了,还是苦笑。哪儿有马呀,只有牛,牛身上尽是牛屎,有几只灰色的苍蝇极有耐心地躲避着黑眼窝摆来摆去的尾巴,一会儿飞到左边,一会儿飞到右边,嗡嗡地翅膀切出许多极其细碎的干燥的阳光。

她也在看牛。看了一会儿,就又叹气,很动情地看着它说:

"黑眼窝老得走不动了,我爸和队里说好了,等我办事就杀了黑眼窝。黑眼窝真恓惶,受一辈子苦,种一辈子地,生了一辈子儿女,最后还是叫人杀了吃肉。队长说队里只卖肉,不卖皮。队里还要留着牛皮拧绳呢。我跟我爸说我不吃黑眼窝的肉,我爸就骂我。我爸说,不杀牛杀谁?杀你?我爸心狠着哩。"

黑眼窝确实是老了,老得快拽不动犁了。驾牛的总嫌它走得慢,一慢,就在身子后边摇着鞭子骂起来:"哈哈,黑眼窝,你个龟孙!看你走得慢么,一步步地扭不动咧?你个龟孙前生是小姐转世,你就酸不够了!"听见骂,她就在后边咕咕地笑,手里提的装种子的柳斗抖得哗哗直响,一面笑一面劝:"伯伯,快别骂了,看你骂得寒碜人么?"听他们笑,他也笑。只是他觉得自己笑得和他们总有点不一样,总有点区别。他觉得他们和黑眼窝是一家人,可自己不是。

春耕之后不久,她真的结婚了,真的就是嫁给根娃了。村里没有人挑这种青黄不接的季节办喜事的。不是她着急,不是根娃着急,也不是她爸爸着急,是黑眼窝熬不到腊月了。黑眼窝在山上滚了坡,摔断一条腿,是叫队里派的几个后生抬回村里来的。黑眼窝一摔断腿,两家人商量了一下就急忙办喜事。杀牛的那天他专门去看。断了一条前腿的黑眼窝强挣着站起来,强挣着到村后山坡的那几棵榆树底下。牛倌一手挽着一盘麻绳,一手拿了一条尺把长的锋利的尖刀。牛倌先把牛拴到榆树上,再把牛腿一对一对地拴起来。黑眼窝知道牛倌要做什么,也知道今天是自己的什么日子。黑眼窝深深地叹了一口气,哞地说一句什么。话说得很慢,很伤心,可也很驯顺,并没有什么强烈的反抗和恐惧。黑眼窝只把大大的黑眼睛哀哀地盯住那把长长的尖刀。牛倌说：

"黑眼窝,你别怪我。你要是个人,也生养下这一堆儿女,就该给你养老送终。可你不是人,是畜生。"

黑眼窝垂下眼睛,像是听懂了,不再盯着那把雪亮的尖刀。只是低下来的眼睛里滚下两颗大大的泪珠。

然后,他忽然就看见那把刀子变短了,连一点点声响也没有。正当他惊讶刀子的锋利的时候,只见牛倌手腕一拧,刀子在黑眼窝两条前腿之间横过来,撑出一道血口,呼的一声,黑眼窝的血从心脏里喷出来,把身子下边的黄土染得一片血红。然后,他又看黑眼窝抽搐着痉挛了一阵。黑眼窝真是老了,连这几下垂死的挣扎也没有什么力量。抽搐了一阵黑眼窝不动了,可眼睛却不闭上,只是又大又黑的眼睛立刻失了神,冷冰冰的像两颗又黑又硬的卵石。

黑眼窝血淋淋的皮被牛倌用楔子钉到山墙上,看见牛皮村里的人问牛倌:

"咋?明天嫁闺女?"

牛倌笑笑:"是哩,明天。"

然后人们又看看牛皮,又说:"这下黑眼窝熬到头了,再不用受苦种地,也再不用挨你的打了。"

牛倌又笑笑:"是哩,熬到头了。"

不知怎么,他就想起那天种玉茭躺在粪笆箩上看见的那片云来。不由得就抬起头来,哪有什么云呀,瓦蓝瓦蓝的天上什么也没有，只有一种单调而又干燥的蓝色。

夏天没有到，春天还没有过去，正是晒牛皮的好季节。

1991 年 12 月 4 日下午于太原